Jean Giono

Les Récits
de la
demi-brigade

Gallimard

Jean Giono est né le 30 mars 1895 et décédé le 8 octobre 1970 à Manosque, en Haute-Provence. Son père, d'origine italienne, était cordonnier, sa mère repasseuse. Après ses études secondaires au collège de sa ville natale, il devient employé de banque, jusqu'à la guerre de 1914, qu'il fait comme simple soldat.

En 1919, il retourne à la banque. Il épouse en 1920 une amie d'enfance dont il aura deux filles. Il quitte la banque en 1930 pour se consacrer uniquement à la littérature après le succès de son premier roman : *Colline*.

Au cours de sa vie, il n'a quitté Manosque que pour de brefs séjours à Paris et quelques voyages à l'étranger.

En 1953, il obtient le prix du Prince Rainier de Monaco pour l'ensemble de son œuvre. Il entre à l'Académie Goncourt en 1954 et au Conseil littéraire de Monaco en 1963.

Son œuvre comprend une trentaine de romans, des essais, des récits, des poèmes, des pièces de théâtre. On y distingue deux grands courants : l'un est poétique et lyrique ; l'autre d'un lyrisme plus contenu recouvre la série des chroniques. Mais il y a eu évolution et non métamorphose : en passant de l'univers à l'homme, Jean Giono reste le même : un extraordinaire conteur.

NOTE DE L'ÉDITEUR

Les Récits de la demi-brigade, titre choisi par Jean Giono, sont des nouvelles écrites à des époques assez différentes. La première, chronologiquement, est *L'Écossais ou la Fin des héros,* qui date de 1955. Cinq ans s'écoulent avant que le romancier écrive la seconde, *Noël,* en 1960. Les autres se suivent de façon plus rapprochée : *Une histoire d'amour* en 1961, *Le Bal* en 1962, *La Mission* en 1963, *La Belle Hôtesse* en 1965.

C'est ce qui explique les différences de ton entre *L'Écossais* et les autres nouvelles et pourquoi, en particulier, le héros vouvoie son colonel et ami dans l'une et le tutoie dans les autres.

L'ordre des nouvelles est celui choisi par l'auteur.

Noël

J'aurais pu passer cette nuit de Noël comme tout le monde, en tout cas comme un célibataire qui a du feu chez lui, mais j'eus ce soir-là des démangeaisons dans la poignée de mon sabre. Depuis l'entrée de l'hiver la bande du Beau François avait fait parler d'elle. Je lui attribuais trois attentats contre les voitures publiques sur la grand-route d'Aix à Saint-Maximin, dans la traversée des montagnes. Je ne commande que la demi-brigade de Saint-Pons, mais je n'aime pas qu'on tue des chevaux, je n'aime pas qu'on tue des cochers, et finalement je n'aime pas qu'on tue des femmes ; j'ai l'air de ne rien aimer, si : j'aime rendre prompte justice.

Le 23 on m'avait signalé deux piétons insolites à Pourrières. Ils avaient le ballot du colporteur mais pas l'âge ; entre eux ils tenaient des propos trop philosophiques. Le froid noir coupe court à toute philosophie. Par temps de bise comme on avait depuis six jours, le colporteur dort dès qu'il trouve une pièce fermée, des gens paisibles et du feu. Ceux-là parlaient. Territoire de Pourrières, ou territoire de Saint-Pons, on ne parle que pour faire parler.

Le 24 au matin, il fut question d'un autre lascar : une barbe inconnue. Je connais toutes les barbes à vingt lieues à la ronde. C'est mon métier. Celle-là était taillée à la française. Qui dit barbe à la française dit merlan, et qui dit merlan dit Toulon, Marseille ou à la rigueur Aix : ce ne sont pas nos coiffeurs campagnards qui peuvent réussir cette taille délicate.

Il faut que j'insiste un peu sur cette joyeuseté capillaire, car c'est elle qui me décida. Je n'y aurais pas cru si le fait m'avait été rapporté par un quelconque péquenot, ou, plus exactement, j'aurais peut-être alors découvert la malice, mais c'est mon brigadier qui m'en parla. Il revenait du carrefour de Jaumarles en petite patrouille avec un seul cavalier quand, aux confins du domaine Pignon, c'est-à-dire presque en bordure des terres qui sont sous ma juridiction militaire, il releva le nez (il était à l'abri du grand mur qui coupait la bise) pour voir (également abrité par le mur) un personnage très insolent. Costume : c'était un paysan et manifestement d'opérette, mais l'opérette n'est pas un délit, elle ne peut être qu'une indication. C'est en vertu de cette indication (et surtout pour prolonger un peu le temps qu'il passait ainsi à l'abri du mur) que mon brigadier interpella le personnage. Celui-ci, qui se cachait dans le col de sa veste, releva la tête un peu plus qu'il ne fallait (c'est là que le brigadier eut tout son temps pour admirer la barbe). Le particulier répondit ensuite qu'il attendait le vicomte. Ce qui était plausible puisque le grand mur est à peine à un quart de lieue du château.

Le brigadier me fit son rapport. C'est tout de suite après que je fus frappé par l'insolence dont je parlais il y a un instant. Cette barbe, jointe à l'opérette, jointe aux deux colporteurs qui manifestement n'en étaient pas, méprisait un peu trop ouvertement mon intelligence des choses. J'aurais dû me méfier, mais mon amour-propre fut touché avant ma prudence. J'avais assez prouvé au Beau François et à sa bande que j'entendais toujours régler nos différends d'homme à homme et sans faire appel à l'appareil policier d'Aix ou d'Aubagne, nos proches voisins. C'était de l'orgueil, je le confesse (j'en ai à revendre depuis ma captivité sur les pontons). C'est sur cet orgueil qu'ils tablèrent.

Dès quatre heures de l'après-midi, je sortis de mon coffre ma soubreveste polonaise et ma toque de fourrure. J'attendis mon ordonnance. Il vint peu après recharger mon poêle. Il fit semblant de ne pas voir sur le lit mon uniforme d'aventure. Comme chaque fois avant l'action quand je m'engage seul, j'étais très gai.

« Qu'est-ce que tu regardes ?

— Il y a trop longtemps que je passe à côté de la rigolade pour regarder encore quoi que ce soit, dit-il.

— Si j'avais femme et enfant comme toi, je n'irais pas courir la prétentaine. Surtout cette nuit.

— La seule fois où j'ai mis mes bottes dans la cheminée, mon capitaine, il n'y avait pas de cheminée, et j'ai bien aimé ce que j'ai trouvé dedans le matin d'après.

— C'était quoi ?

— C'était moi. En chair et en os et frais comme l'œil, après pas mal de barouf, vous le savez, vous y étiez ; du côté de Dresde, dans le petit bois. »

Il fourgonna dans le poêle un peu plus longtemps que nécessaire. Je ne répliquai pas et il sortit. Je le suivis du regard pendant qu'il traversait la cour vers le poste de garde. Il s'en allait à regret. C'était un vieux compagnon d'armes. Nous avions fait les quatre cents coups ensemble, mais ce quatre cent unième, je voulais le faire seul. Je comprenais bien le plaisir qu'on a à se retrouver dans ses bottes après le barouf, puisque c'était le petit Noël que je me préparais, mais ce copain-là, marié et père de famille, je n'avais plus le droit, et il n'avait plus le droit... le droit de quoi d'ailleurs ?

Je pris deux pistolets et mon sabre : pistolets pour l'en-cas et sabre pour le plaisir. Il n'y avait qu'à chercher deux ou trois têtes à mettre devant le sabre. J'allai prendre à l'écurie, non pas un cheval, mais un bourrin : je n'avais besoin ni de vélocité ni d'élégance, j'avais simplement besoin d'un fauteuil ambulant. Je pris Jupiter ; c'est le seul cheval de la demi-brigade totalement dépourvu d'imagination. Il se laissa habiller sans manifester la moindre émotion, malgré le vent qui ébranlait les portes et les lucarnes.

Ma soubreveste polonaise est en poil de chat, elle descend assez bas pour bien me protéger les rognons ; elle colle au corps et c'est le vêtement idéal pour le temps qu'il faisait et les gestes que je voulais faire : ample aux entournures et serrée sur le cœur. Ma toque est en poil de loup ; enfin, c'est ce qu'on m'a dit à Wilno ; j'ai la tête assez froide pour lui faire porter du loup.

La caserne est à une demi-lieue de la Croix de Malte. Je pris par les champs. C'était le crépuscule le plus clair du monde. Le vent était de noroît et d'une violence royale : un mistral bien établi dans son septième jour, glacé, tranchant, et dont les coups allumaient dans mes yeux des lueurs vermeilles. Le ciel était vert d'un bord à l'autre, les premières étoiles s'allumaient dans un air si pur qu'elles semblaient nouvelles.

Avant d'entrer à l'auberge je la contournai par les prés en direction des bosquets de saules, à la fois pour me rendre compte des possibilités de Jupiter et pour voir de près tous ces taillis qui pouvaient cacher des sentinelles. Il n'y avait pas de sentinelles, et Jupiter, quoique sans esprit, avait une souplesse paysanne fort agréable.

J'entrai finalement dans la cour de l'auberge comme la nuit tombait. La patache de neuf heures était déjà là, brancards relevés, mais bâchée et prête. Je mis pied à terre dans le coin des écuries, j'attachai Jupiter à l'anneau et je fis les cent pas dans l'ombre en fumant un petit cigare.

Peu de temps après le cocher sortit par la porte des cuisines. Je vis avec plaisir que c'était le vieil Adrien. La familiarité avec les pékins n'est pas mon fort, mais j'avais un faible pour ce bonhomme. Bien que père de six enfants et ayant dépassé l'âge des ronds de jambe, il avait, à ma connaissance, au moins deux fois risqué sa peau et dans des cas où il n'y avait à sauver que les sacs de la poste.

Il vit la braise de mon cigare et il s'approcha.

« Je suis content que ce soit vous, mon capitaine, dit-il quand il m'eut reconnu.

— En principe, dis-je, il n'y avait pas d'escorte prévue pour cette nuit.

— Mon gars n'est pas allé vous voir après-midi ?

— Non. Il devait venir ?

— En principe, je l'avais envoyé, mais les gars, hein, vous savez ce que c'est ! J'y comptais tellement pas que j'avais pris mes porte-respect. »

Il exhiba une paire de pistolets monstrueux.

« Tu crains quelque chose ?

— Y a des signes. »

Je lui parlai des colporteurs et de la barbe.

« Il y a aussi, dit-il, la Marinette qui est venue tourner ici autour ; et quand on voit la Marinette, ça trompe guère. Et puis, il y a ce putain de vent : avec ce truc-là on n'a plus d'oreille, et comme la nuit on n'a déjà plus d'œil, il ne reste pas grand-chose pour se faire gras. Ils le savent, ça, mon capitaine, les gars du Beau François. Heureusement qu'on le sait aussi. Ah ! j'oubliais, et c'est surtout ça qui m'a mis la puce à l'oreille, le bruit court que, depuis l'affaire de Barjaude, ils vous en veulent personnellement. »

Certes, dans la nuit, je ne pouvais pas voir le visage d'Adrien, les lueurs qui venaient des cuisines n'éclairaient que ses grosses mains et ses gros pistolets, mais si j'avais été malin (et je me félicite maintenant de ne pas l'avoir été) cette déclaration de guerre aurait dû m'ouvrir l'œil. C'était l'étincelle du briquet sur le cœur d'amadou que je m'étais fait pendant la lointaine Campagne de France.

Adrien entra dans l'écurie. Quand il revint, j'étais où ils avaient tous voulu que je sois : la main à la poignée de mon sabre et rêvant de têtes en train d'éclater sous mes coups.

« Et on n'est pas vernis, dit-il, venez voir, mon capitaine ! »

J'avais vu des centaines de fois la grande salle de la Croix de Malte par la fenêtre ; c'est mon métier de regarder par les fenêtres. La broche tournait dans la grande cheminée. Nos quatre ou cinq vieux grands-pères de Saint-Pons adoraient la braise en fumant la pipe.

« À votre gauche, mon capitaine, dans le coin, le type qui mange ! »

Celui-là était assez monstrueux ; à première vue on le constatait sans savoir pourquoi : c'était un homme trop robuste d'une soixantaine d'années, pas plus laid qu'un autre, mais sûrement pas plus beau. À la réflexion, et en le voyant manger et boire, on avait conscience de sa monstruosité :

c'était un dévorant ; il engloutissait les biens de la terre sans discernement et sans doute sans profit, à en juger par ses yeux en billes de loto, par sa façon de boire en renversant la tête, par sa satisfaction de sac qui se remplit. Je le voyais parler sans l'entendre, mais je voyais ses mots toucher la petite servante. Elle était terrifiée. Un autre qui était terrifié, c'était le patron de la Croix de Malte : il se tenait, abandonné de Dieu, dans l'embrasure d'une porte, les bras mous, les reins sans force, l'œil fixe et la bouche ouverte.

« Entendu parler de M. Gaspard ? »

Certes oui, il était célèbre, mais je n'avais jamais eu l'occasion de le rencontrer ; ni l'envie d'ailleurs. J'avais même beaucoup de renseignements sur lui, un dossier plein à craquer. J'en avais parlé à mon colonel.

« Impossible, m'avait répondu Achille, celui-là, tu ne le toucheras pas. Tu as beau être cabochard, mais là tu essaies de frapper dans le sacré. Ce type-là a ses entrées partout. S'il mettait une marque à ses louis d'or tu en trouverais dans toutes les mains. Peut-être même dans celles de Caroline (c'était sa femme) et sûrement du haut en bas de la hiérarchie, magistrature et tout le bazar, depuis le greffier jusqu'au président. Laisse tomber, Martial. D'ailleurs, qu'est-ce qu'il t'a fait ?

— À moi rien, avais-je répondu, je vis d'amour et d'eau fraîche, comme tu sais. Mais dès qu'on essaie de vivre d'autre chose, on doit de l'argent à ton Gaspard. Il y a encore un zèbre qui s'est pendu à Rians, c'est lui qui a graissé la corde et c'est moi qui suis allé contempler la grimace. Sans compter la famille Andouin.

— Qu'est-ce qu'il a fait à la famille Andouin ?

— Expulsée nue et crue dans la neige, le 4 février, femmes, enfants, vieillards, avec un cache-col à quatre et à peine des souliers. Ça s'est passé dans les bois des Pallières, un truc à tuer une portée de renards, et d'ailleurs il en est mort un : le petit de huit mois.

— Qu'est-ce que tu veux que je fasse ? avait dit Achille.

— Est-ce qu'il n'y aurait pas un truc judiciaire ?

— Tu parles comme le capitaine de dragons que tu n'as jamais cessé d'être ; et pas du tout comme le capitaine de gendarmerie que tu es. Les lois, c'est Gaspard qui les connaît, c'est ni toi ni moi. On ne le prendra jamais en faute. Or, tu es là pour faire respecter la loi. Oui, mon beau ! Je sais : quand on chargeait, toi et moi, à gauche de Soult, on la faisait, la loi, mais c'était au temps où Marthe filait... Il y a beau temps que Marthe ne file plus. Je ne te conseille même pas d'appeler ce type-là usurier, je serais obligé de te taper sur les doigts. C'est M. Gaspard ! Si tu connaissais sa femme, tu saurais que ce type-là, c'est une sorte de célibataire, comme toi ; tu devrais comprendre !... »

Et ce propos m'ayant fait sauter, il ajouta :

« Il fait signer des billets à ordre, eh bien, on n'a qu'à ne pas signer des billets à ordre. Martial, dit-il après le silence qui avait suivi sa dernière sortie, il y a des fois où j'ai envie de me foutre dans l'épicerie. »

La vie de famille n'arrange pas Achille.

Cette conversation avait eu lieu deux ou trois ans avant. Depuis, M. Gaspard n'avait fait que croître et embellir. Il y avait eu d'autres pendus. Ce type mangeait comme je n'avais jamais vu manger. Cette opération, pourtant si naturelle parce que nécessaire, était ici dépouillée de toute nécessité.

« C'est notre client, dit Adrien. Notre seul client, ajouta-t-il comme je me taisais. On ne voyage pas le soir de Noël, ou alors faut des motifs. »

Je m'entends encore demander :

« Il en a ?

— Bougre, mon capitaine, révérence parler. Sûr qu'il en a ! Je sais où il va : il va foutre la pagaille dans une brave famille de Trans. Oh, il leur laissera passer Noël, parce que, comme on dit, ce jour-là il ne peut pas instrumenter, mais après-demain matin, couic !...

— Qui à Trans ?

— Vermorel, vous connaissez ?

— Oui.

— Il l'a tondu quand la fille a été malade. Fallait des sous, même pour la voir mourir comme ça a été le cas, mais, le sentiment, hein, mon capitaine, on en a ou on n'en a pas ! »

À tête reposée maintenant, je me rends compte qu'ils ont joué ce coup avec une grande habileté. J'étais l'atout maître, pas facile à manier. Ils se sont servis pour le faire du plus secret de mon caractère. Je salue.

Adrien rentra dans l'écurie pour aller s'occuper de ses lanternes. On était à une heure du départ. J'avais beau faire les cent pas. Je revenais devant la fenêtre. Je me disais que ce troisième petit cigare que je fumais était peut-être un biais par lequel ce lascar allait m'attraper moi-même. Car, qu'il s'agisse d'une fille qui va mourir et à qui on veut au moins acheter quelques pastilles, ou d'un petit plaisir qu'on a de temps en temps envie de se donner, qui n'a pas besoin de deux ou trois cents francs ? Et qui hésite quand il ne s'agit pour les avoir que de signer un papier ? On signerait la vente de son âme et c'est bien ce qu'on fait.

On lui avait servi un saladier de punch. Il regardait le brûlot d'un air morne tout en faisant bouger ses grosses lèvres dans ses bajoues et ses doubles mentons. Il ne prononçait sans doute pas un mot, car je voyais la petite servante et le patron inquiets, mais vacants. Il devait parler au rhum. Il se servit : la flamme bleue accompagna la louche jusqu'à son bol, le bol porta la flamme à ses lèvres, et il avala le feu avec toutes les manifestations du gourmand en train de se satisfaire. Un esprit simple aurait pu penser au diable. Je pensais seulement que c'était un homme répugnant et dangereux, ce qui somme toute revient au même.

« Ainsi donc, me disais-je, te voilà le protecteur patenté de la cruauté la plus bête et de l'égoïsme le plus sordide. »

Je fis subir à cette idée d'infinies variations.

Adrien apporta les lanternes et attela les chevaux. Je remarquai qu'il plaçait un grand rameau de buis dans le cylindre de fer destiné à porter le fouet. Il vit que j'y attachais de l'importance.

« C'est Noël », me dit-il.

J'aurais dû me méfier de son air benoît. Je n'ai pas d'excuse : son visage était éclairé à plein par le fanal de timon. J'ai ainsi fait pas mal de remarques instinctives ; elles consolèrent plus tard mon amour-propre. Sans mon désir de sabrer — qui me tenait depuis un mois — j'aurais fait de toutes ces remarques un système cohérent et vu clair. À tout prendre, en cette sainte nuit je fus moi-même puni pour avoir cédé à un appétit de cruauté somme toute peu légitime.

M. Gaspard vida le saladier de punch et on nous amena notre client comme un paquet. Il était ivre mort. On essaya de l'installer sur la banquette, mais il était mou comme une chiffe, on le coucha finalement dans la paille sur le plancher. Il ronflait déjà.

À peine sortis de la cour de l'auberge, le vent nous enveloppa. Nous étions encore protégés par le massif de la Sainte-Victoire, mais le ciel grondait et étincelait comme il n'est pas permis à un ciel chrétien. Il y avait mille fois plus d'étoiles qu'à l'ordinaire, et la voix de l'univers n'était certainement pas celle de l'enfant de la crèche.

Une fois sur la grand-route, Adrien fit prendre à ses chevaux un trot de long cours que Jupiter adopta tout de suite avec une très confortable gentillesse. J'aurais pu dormir, mais j'étais là pour tout autre chose.

Nous étions, jusqu'aux pentes du mont Aurélien, dans cette plaine de Saint-Pons peu propice
aux attaques. Elle est nue sur une lieue de chaque
côté de la route et le fourmillement d'étoiles très
aiguisées donnait assez de lumière pour voir clairement à deux cents pas à la ronde. Je me tenais
à l'arrière-garde. J'étais guilleret. Je me figurais
aller vers mes têtes à sabrer. Cela aussi me trompa.

Je recevais le vent un peu par l'arrière et par la
droite. De ce côté-là il m'apportait des bruits utili-
sables : abois de chiens, rumeurs, et vers minuit
les cloches de l'abbaye de la Sainte-Baume. Mais
mon côté gauche était sourd : par là, le vent
emportait les bruits. On aurait pu me surprendre.
C'est de ce côté que je regardais.

Nous quittâmes au pas le relais de Barjaude. Le
maître de poste était venu nous balancer sa lanterne sous le nez. Il remarqua lui aussi le rameau
de buis planté dans le porte-fouet.

« C'est Noël, répéta Adrien.

— Bon Noël », souhaita l'homme à la lanterne.
Et en rigolant comme s'il avait dit quelque chose
de très drôle, il me salua du même ton goguenard.

À partir de là, la route monte et tourne dans les
bois pendant plus de deux lieues. Elle va passer à
un col sur le flanc du mont Aurélien ; elle reste
ensuite à tournoyer dans les hauteurs et les bois
pendant trois autres lieues avant de trouver la descente sur Saint-Maximin. C'est de ces parages que
j'attendais beaucoup.

Je vins en serre-file jusqu'à la hauteur du siège
du cocher. J'avais mes pistolets dans mes bottes,

un de chaque côté, à la portée de mes mains. Je
tire aussi bien de l'une que de l'autre, tout le
monde le sait. Dans cette partie de la route il n'est
pas question de lancer les chevaux, ils vont au pas,
on se contente de les réveiller de temps en temps
en leur relevant la tête à coups de guides et en les
interpellant.

Nos bois sont des taillis de chênes blancs un peu
plus hauts qu'un homme. Il restait encore assez de
clarté sur la route, mais ces arbres gardent leurs
feuilles sèches et rousses tout l'hiver jusqu'au printemps où la feuille neuve fait tomber la morte, et
ces vastes étendues craquantes, remuées par le vent,
faisaient un bruit assourdissant. Je redoublai d'attention. Je demandai par gestes à Adrien des nouvelles de ses pistolets ; il me fit voir qu'ils étaient à
côté de lui sur le siège. Nous continuâmes à monter
à travers bois. Je voyais bien remuer la tête des chevaux à la cadence du pas, mais il m'était impossible
d'entendre les clochettes de leurs colliers. J'étais
presque touchant le timon et je supposais bien
qu'il était en train de gémir à côté de moi, comme
le fait tout timon qui se respecte dans une montée
aussi raide, mais tous les bruits étaient dévorés par
cet énorme craquement de brasier noir qui émanait
des bois. Les coups de vent eux-mêmes me sa-
quaient les reins en silence, ce n'étaient plus que
bruissements de feuilles sèches comme si le monde
entier, devenu rameau stérile, était froissé dans
quelque grande main. Je pouvais être surpris de
tous les côtés ; c'était un sentiment délicieux : je

n'étais pas parti pour abattre des quilles mais des têtes responsables et capables d'un peu de stratégie.

Il fallait me contenter d'interroger Adrien du regard quand son regard à lui était tourné vers moi. Je le voyais lui-même très attentif à sa route. Nous n'échangions en réalité que des clins d'œil. J'eus la surprise de constater que mon gros percheron de Jupiter jouait le jeu et qu'il pointait fort intelligemment de l'oreille. Il en entendait certainement plus que moi.

C'est dans cet état d'esprit que nous atteignîmes le petit col, puis que nous le dépassâmes. La route ne montait plus que faiblement, parfois même elle descendait mais, tout en tournant, elle ne permettait pas encore le trot. Ceci me paraissait être l'endroit idéal. Il était dans les trois heures du matin, en plein désert, à trois lieues de Barjaude, à sept de Saint-Maximin, et à chaque détour on pouvait frapper du nez sur l'embuscade. Dans ces hauteurs où le vent était libre de faire le diable à quatre, on était comme dans les bouillonnements d'une gigantesque friture. Nous fîmes ainsi encore deux lieues sur la pointe du cœur ; puis Adrien tira sur les guides et arrêta la voiture. Je vis sa main gauche aller vers les pistolets ; de l'index de la droite il me désigna quelque chose qui voletait devant nous. Ce qui voletait semblait être le pan d'un manteau et le reste avait la forme d'un personnage immobile au bord de la route.

Jupiter monta dans mon estime. J'avais serré légèrement les genoux comme si je m'adressais à une bête de race, et il fit exactement comme une bête de race. Il avança lentement, à petits pas circonspects ; je le sentais prêt à obéir à la plus légère sollicitation.

Les pistolets n'étaient que pour les cas extrêmes ; ceci n'était pas un cas extrême. Je tirai mon sabre. Il y avait trop de tumulte de vent pour que je puisse entendre le chuintement de la lame sortant du fourreau, mais je connaissais assez ce bruit pour l'imaginer avec joie.

Je m'avançai donc, au pas, sabre au clair. Immobile, semblant tenir d'une main son manteau dont les pans voltigeaient, le personnage me regardait venir. J'aimais beaucoup cette immobilité. Je considère que les plaisirs doivent être pris avec calme. Ce fut mon meilleur moment de cette nuit de Noël ; il en vint même à une pointe de volupté extrême, quand, à trois pas de mon adversaire, je constatai toujours son immobilité totale. Cet homme était fait pour moi sur mesure. Jupiter fit les trois derniers pas avec une suprême élégance. Je pointai mon sabre pour écarter les pans du manteau (j'avais l'intention ensuite de poser une question), ma lame donna sur du fer ; je piquai un peu, mais dans du vent : c'était une simple houppelande de berger posée sur les épaules d'une croix.

Suivit une petite seconde de désarroi délicieux ; Jupiter obéit à la pression des genoux et volta comme un poulain. On pouvait m'attaquer de partout. Mais non, la diligence était toujours là-bas immobile à cinquante pas, et je voyais entre ses deux lanternes Adrien, pistolets en main. J'essayai

de lui crier quelque chose, le vent me vola les mots
à la bouche. Je revins sans me presser.

« Drôle de corps », dit Adrien à qui j'expliquai
la chose.

Il remit ses chevaux au pas. Il restait encore deux
lieues avant d'atteindre la descente sur Saint-
Maximin. Je profitai d'une saute de vent pour dire
à Adrien le plus bas possible :

« Prends ton pistolet dans la main droite. »

Il nous fallut plus d'une heure pour faire ces
deux lieues. Puis les bois s'éclaircirent, le mont
Aurélien nous abrita du vent, et, ayant repris le
trot, nous arrivâmes à Saint-Maximin à six heures
du matin.

« Voilà une bonne chose de faite », dit Adrien
en descendant de son siège.

Je m'éloignais pour aller mettre Jupiter à l'abri
du froid, quand Adrien m'appela. Il avait fait le
tour de la patache et il avait ouvert la porte de derrière. Il semblait pétrifié.

« Et le client ? » dit-il.

Il n'y avait plus personne dans la voiture !

Bêtement je regardai jusque sous les banquettes.
Non, plus personne, plus de M. Gaspard. Lui et sa
sacoche (je me souvins qu'il portait une sacoche
en bandoulière) s'étaient envolés. La paille sur
laquelle on l'avait couché ivre mort n'était même
pas en désordre.

« Heureusement que vous étiez avec moi », dit
Adrien.

Mais comme je me taisais, il ne me regarda pas
en face. J'appelai le maître de poste.

« Donne-moi un cheval un peu vif, lui dis-je. Le mien est fatigué, Adrien me le ramènera ce soir en retournant.

— En fait de vif, j'ai pas grand-chose. Pourquoi vous en demandez pas un à la brigade d'ici, mon capitaine ? Ils ont tout ce qu'il faut.

— Demande-lui donc pourquoi je ne m'adresse pas à la brigade d'ici, répondis-je en désignant Adrien. Dépêche-toi. »

Je les trouvais un peu pâlots tous les deux. Il se dépêcha. Il m'amena un cheval.

« Comment appelles-tu cette bête ?

— Ariane.

— C'est de circonstance », dis-je en me remettant en selle.

Je les laissai avec ces mots qui ne signifiaient rien et qui allaient les inquiéter toute la journée.

Ariane pouvait galoper, même joliment ; le bonhomme n'avait pas osé me tromper. Ils n'osaient pas, les uns et les autres, gêner mon enquête. Parfait. J'étais sur le fléau d'une balance ; cette circonstance permet au fléau de cette balance de rester en équilibre.

J'arrivai à la croix. C'était une croix comme vous et moi : la houppelande avait disparu. Le jour se levait.

Je mis pied à terre. Rien de suspect où la diligence s'était arrêtée. Sauf dans le thym en bordure de la route, une assez grande quantité de paille que le vent avait balayée. J'entrai dans le taillis. Il y avait des traces. Je les suivis pendant un quart de lieue et je trouvai la sacoche. C'était du

travail d'amateur. Elle contenait encore une grive
rôtie, froide dans son lard, entre deux tranches de
pain (il n'avait donc pas assez mangé), une petite
fiole de rhum, un couteau pliant, des bouts de
ficelle, un rouleau de pièces d'or, et la preuve, en
tout cas, de l'innocence de Vermorel : tous les
papiers qu'il avait signés étaient là. Il y en avait
pour trois mille cinq cents francs ; ils étaient régulièrement protestés. On avait l'impression que
tout un bataillon d'huissiers s'était acharné pendant des semaines pour rendre ces papiers plus
dangereux que de la poudre à canon. Il n'y avait
sur eux qu'une chose simple et honnête : la
pauvre petite signature imbécile de Vermorel.

Il y a longtemps que je savais qu'il ne faut pas
être plus royaliste que le roi, à plus forte raison plus
divin que Dieu, surtout le matin de Noël. J'avais
d'ailleurs mon briquet à la main avant d'avoir fait
cette réflexion ; je crois même que, cette réflexion,
je l'ai faite quelque temps après, la nuit, pour
calmer sans doute un... ne disons pas remords,
disons scrupule.

Je brûlai les papiers un à un. Il y en avait trente-
cinq, cent francs chaque (pauvre idiot ! ou pauvre,
tout simplement), plus la reconnaissance de dette.
Je remis tout le reste en place dans la sacoche, y
compris l'or : il devait en avoir laissé suffisamment
chez lui, et je lançai tout le paquet dans les taillis.

Je rentrai à Saint-Pons.

Restait à accomplir le plus délicat. Juste avant le
chien-loup de quatre heures je vis retourner la voiture d'Adrien. Elle n'avait plus son rameau de

buis dans le porte-fouet. Peu après il vint lui-même
à la caserne retourner Jupiter. Il parlementa avec la
sentinelle, mais j'avais donné la consigne de ne pas
le recevoir. À la nuit noire, je mis mon grand uniforme (on le croit grand, il est seulement propre),
et j'allai à la Croix de Malte. J'entrai dans la salle. Il
y avait là Adrien, naturellement, le patron, deux
types de Saint-Pons, un de Barjaude, un nommé
Rousset, de Rians, un petit noiraud de je ne sais où,
mais avec une bonne mine, comme tous les autres
d'ailleurs (je sus plus tard que ce noiraud était
charbonnier et franc comme l'or, car, si je lâche le
manche après la cognée, c'est toujours progressive-
ment). Tout ce monde qui semblait être en train de
se concerter resta la patte en l'air en me voyant
entrer : quand je suis propre je fais toujours mauvaise impression. C'était le cas.

Je m'assis à la table où, la veille, s'était assis Gaspard. M. Gaspard, pardon. Et je demandai un
café. La petite servante vint me l'apporter. Le
moment était venu. Je disposai le prix du café, un
sou, près de la tasse. Si la servante marquait la
moindre hésitation à prendre le sou, j'étais obligé
de me dresser, raide comme la justice et de distri-
buer des responsabilités (elles seraient allées loin
en l'occurrence), mais elle n'hésita pas, elle le prit
et me dit : « Merci, mon capitaine. » Je respirai !
Ils avaient fait leur affaire, mais ils ne mélan-
geaient pas les torchons et les serviettes.

Je bus mon café et souhaitai le bonsoir.

« Bon Noël, me dit le patron.

— Bon Noël à tous. »

Adrien était sur mes pas. Il me rejoignit dans l'ombre.

« Il a été enlevé pendant que j'allais vers le mannequin, lui dis-je. On ne le trouvera plus : les traces allaient vers le plateau de Vanfrèges. C'est plein de puits perdus. Qui s'avisera d'aller les fouiller ?

— Vous, me dit franchement Adrien.

— Je ne les connais pas tous. »

Il ne me restait plus qu'à faire mon rapport et à mettre tout ça d'accord avec la loi que je venais de faire sans avoir besoin de charger à la gauche de Soult. Ce n'était plus qu'un exercice de style.

Une histoire d'amour

Achille avait pris ce jour-là son ton colonel.

Il le prend toujours quand il lit à haute voix et il en était à me lire un troisième rapport sur l'affaire des verdets. Je l'écoutais, très capitaine. Sur cette affaire, j'en savais plus que lui et tout son dossier.

« Qu'est-ce que tu as à rigoler ? me dit-il.

— Je ne ris pas, mon colonel.

— Si tu veux parler, parle. »

Il recula son fauteuil.

D'habitude, quand je veux le désarçonner, je lui fais remarquer que malgré les Orléans que nous servons, son bureau ministre est Empire. Je n'avais pas envie de le désarçonner, au contraire. Il croisa les jambes, ce qu'il faisait encore avec une certaine aisance, malgré ses cuisses de plus en plus courtes.

« Martial, dit-il, ce qu'il y a de désagréable en toi... c'est que tu m'embêtes. Tu es là à manger tes moustaches. Tu crois que je n'aimerais pas mieux être de ceux qui cavalcadent au grand air ? Je n'ai que des dossiers pour me tenir propre, moi ! »

J'étais obligé de lui dire un peu de vérité. C'est somme toute de lui que je reçois mes ordres.

« Tes dossiers sont incomplets. Ceux-là, en tout cas.

— Attention, Martial, dit-il, si c'est une accusation, il va falloir la soutenir.

— Ce n'est pas une accusation, Achille. Tu as très bien fait à l'instant la différence entre celui qui galope dans l'atmosphère et celui qui reste assis, les jambes croisées. »

Il décroisa instantanément les jambes. Il attendait que je fasse une allusion au style de son bureau ministre. Il n'était pas d'humeur.

« Prenons, dis-je, le premier assassinat : celui des Maurel. C'est massacre qu'il faudrait dire plutôt. Il a été commis dans une ferme solitaire, aux Plantades, sur le plateau de Drammont. Six morts : l'homme, la femme, les deux enfants, le vieux berger et un cousin de la femme qui était à la grange depuis une semaine pour aider dans les nouveaux essarts que Maurel faisait brûler du côté de Signal-Blanc. À remarquer d'abord que, le jour où ils furent tués, ils n'étaient pas allés essarter, malgré le beau temps. C'est le piéton de la poste qui a découvert le joyeux spectacle cinq jours après. Note les cinq jours pour la suite de l'histoire. Note également, à toutes fins utiles, que le cousin habitait Rians, d'ordinaire. J'ai été prévenu de la salade à neuf heures du matin. À onze heures, compte tenu des deux lieues que j'avais à faire et des cinq que le lieutenant Costes devait parcourir pour me rejoindre au rendez-vous, les

trois demi-brigades étaient alignées au Drammont ; et j'avais déjà, en attendant Coste, fait état
de certains renseignements. Tu sauras lesquels
tout à l'heure. Sache seulement qu'ils me décidè-
rent, dès que j'eus tout mon contingent, à le faire
déployer sur la gauche, en ligne, face à la direction approximative du Jorat : le sommet de roches
vives que tu vois de la route, quand tu viens à
Saint-Pons, après avoir passé le bois de pins. Des
Plantades au Jorat, dix lieues de maquis, quelques
chemins de chasseurs, de bûcherons, le reste, un
feutre de chênes blancs, de genévriers, de genêts
et de cistes. Voilà le tableau. J'étais arrivé, comme
je te l'ai dit, bien avant Coste, bien avant le maréchal des logis. J'étais allé voir le spectacle et,
dégoûté, je fumais mon brûle-gueule sous les
saules, près de la fontaine. Maurel avait un beau-
frère : il est granger à Cadarache. Il était venu avec
son mulet et un valet pour s'occuper des bêtes
qui, depuis cinq jours, avaient eu le temps de
compter des mesures. Je te parlerai des bêtes aussi
tout à l'heure. Donc, je fumais et très vite, je te
prie de le croire. J'ai vu des spectacles de ce genre,
plus étendus, mais jamais avec autant de mouches.
Mon attention fut attirée par les manigances du
petit valet. C'était un gars de quinze à seize ans. Il
s'abritait dans un angle de la ferme, et avec un
long bâton, il essayait de faire rouler jusqu'à lui
un seau renversé dans l'herbe. Je lui criai :
"Qu'est-ce que tu fous, petit gars ?" À ma voix, il
sauta comme un diable, mais j'avais en même
temps fait un pas au soleil, il me vit, me fit signe de

me taire et d'approcher. J'approchai. "Il y a un verdet dans le bois", me dit-il. Il ne voulait pas quitter l'abri de son angle de mur. Je me découvris complètement pour lui montrer qu'on ne risquait rien et je lui dis : "Viens donc, montre-moi ça !" Il resta bien encore quelques secondes à sucer son pouce, attendant le coup de fusil. Enfin il sortit de l'abri et me montra un gros chêne dans le taillis. J'y courus : personne, bien entendu, mais des traces ; des traces chaudes, d'ailleurs. Je fis quelques pas dans les fourrés. C'était littéralement l'aiguille dans la botte de foin. À ce moment-là, j'entendis arriver le maréchal des logis, ses hommes et la troupe de Coste.

Donc, sur la gauche en ligne, face au chêne vert, face au Jorat et en avant. Le verdet avait de l'avance sur nous et, étant à pied, il allait encore en prendre dans ces taillis fourrés, mais je ne fis pas démonter : nous risquions de trouver des landes par là-bas dedans où nous pouvions prendre avantage. J'étais décidé à pousser. Coste me dit : "Votre gars a pris des vessies pour des lanternes. Qu'est-ce qu'il ferait là, le verdet, après cinq jours ? C'est pas un verdet qu'il a vu, c'est sa frousse." Mais il y avait la petite bauge chaude sous le chêne vert et au surplus, quand je commande, je commande. J'envoyai Coste à l'aile gauche. Malgré mon grade, je laissai le maréchal des logis au centre. Je pris l'aile droite avec mes dix bonshommes.

« Je ne vais pas te raconter la retraite de Russie. C'est pas fameux comme balade, ces fourrés de genévriers, voilà tout. Midi, une heure, rien. Deux heures, trois heures, rien, sauf des merles, des vols d'étourneaux et des sangliers. Le Jorat s'était bien rapproché ; on avait encore quatre heures de jour, c'était le printemps. Tout ça, tu le sais, c'est dans ton dossier, sauf les détails pittoresques. Mais moi j'aime les détails pittoresques. Maintenant, voilà ce que tu ne sais pas. J'avais pensé (comme il est juste) que le verdet (si verdet il y avait) chercherait à nous fausser compagnie en se défilant latéralement devant notre front. J'avais donné comme consigne à Coste et au maréchal des logis de tenir le plus de front possible ; c'est pourquoi, moi-même ayant pris l'extrême droite, je m'écartai. Je me dis vers le soir que nous n'avions plus guère de chance d'attraper notre bonhomme, et qu'on allait simplement profiter de cette patrouille pour ratisser encore un bon canton de ces bois fourrés. Ce qui, dans des affaires comme celle du Drammont, n'est jamais un mauvais travail. Je fis donc cavalier seul, complètement détaché sur la droite. Au bout d'une demi-heure, j'entrai dans des bois courts que je dominais complètement du haut de mon cheval. J'allais au pas et je regardais tout très attentivement. Si attentivement que j'eus l'impression très nette que quelqu'un me regardait. Tu as senti ça cinquante fois toi aussi : la sensation d'un regard fixé sur ta nuque. Je m'arrêtai et je fis la statue de pierre. J'étais ainsi immobile depuis plus d'une minute (sans me retourner bien sûr) quand j'entendis le vent d'une balle qui passait très près et une détonation. Je montais César qui a des nerfs d'acier, qui connaît la musique et qu'au surplus je serrai immédiatement dans mes genoux. Il ne bougea pas de dix centimètres, moi non plus, et nous restâmes, lui et moi, immobiles comme avant.

— Un jour tu finiras..., dit Achille.

— Je finirai certainement, un jour. Mais pourquoi crois-tu que j'ai repris du service dans ta foutue demi-brigade de gendarmerie ? Pour la solde ?

« Rentré à Saint-Pons, je vis que la balle avait troué mon bonnet de police.

« Basta pour l'assassinat des Maurel. Pour l'assassinat des Gaubert... Mais d'abord, entre les deux affaires, un petit fait. Environ trois jours après le coup de pistolet tiré sur mon bonnet de police, un matin mon ordonnance m'apporte un billet plié en quatre. Il me dit qu'il a trouvé ça coincé sous ma porte. Je déplie : c'est une lettre d'injures, anonyme, bien entendu. Injures bizarres ; je te dirai mieux tout à l'heure. Maintenant, les Gaubert.

« Les Gaubert : deux femmes, trois hommes, ou plus exactement deux hommes et demi : le petit berger n'a que quinze ans. Les Gaubert, saignés comme des poulets, dans des conditions à peu près semblables à celles qui entouraient la mort des Maurel. Ferme isolée (encore plus que l'autre) dans les solitudes vers Jaumegarde. Il ne s'agit pas cette fois d'un plateau et d'un taillis fourré, mais d'un vallon noir, étroit comme la peste ; vallon qui, je le sais, s'embranche dans des quantités de vallons aussi noirs et vient de vallons encore pires. Ici, de nouveau quelques détails pittoresques qui ne sont pas dans ton rapport mais comptent pour moi. Pas dans l'enquête, je te le dis tout de suite, **mais** dans ma vie (qui finira bien un jour, comme **tu** le dis, alors pourquoi me priver de ce qui me plaît). Dans ce vallon (et d'ailleurs dans les autres aussi), pas de bois fourrés : un petit ruisseau, sec parce qu'on est en juin, et des petits prés de luzerne. Petits : cinq pas de large. Les pentes des vallons, presque rases ; de la lavande, du thym et de l'argelas. Pas de quoi cacher un nain.

« Cette fois, je ne convoque personne. Je pars simplement avec deux de mes lascars. Quand j'arrive (pas par le fond, par le flanc du coteau), je vois en bas, autour de la ferme, les gens du parquet et le cabriolet du docteur. Je les salue de loin et je poursuis. Un de mes lascars me dit : "Je crois qu'ils nous appellent." Je lui réponds : "Laisse-les appeler" et je continue. Je continue parce que, depuis les Maurel, depuis la balle, depuis la lettre, depuis le temps que je passe tous ces trucs en revue, j'ai l'impression que cette chose me concerne. En quoi ? À ce moment-là je n'en sais foutre rien ; après, peut-être, nous verrons.

« Nous allons sur un petit tertre qui domine l'enchevêtrement des vallons ; je prends un de mes zèbres et je lui dis : "Regarde ! Tu vois le truc, là-dessous ? Descends et file là-dedans, jusque... jusqu'à ce gros chêne, là-bas. Cherche des traces, cherche tout. Une fois là-bas, tu attends." Je prends l'autre zèbre et je lui fais voir, du doigt, comme sur une carte, le tracé sur lequel je voudrais qu'il aille un peu fouiller. Moi je... je vais où le devoir m'appelle.

« Le devoir m'appelle dans des coins solitaires.
Ils ne manquent pas. D'abord, comme la dernière
fois, je m'écarte le plus possible, mais je ne suis
plus sur un découvert que je domine. Je suis dans
un couloir tortueux qui, de détour en détour, me
mène de découverte en découverte. Je n'ai jamais
devant moi que quinze à vingt pas de vue. Je
monte encore César. J'attends la sensation de
regard sur ma nuque. Je ne l'éprouve pas. À un
moment donné il me semble que... Je m'arrête, je
fais la statue de pierre. Une minute, deux. César
tourne la tête et me touche la botte du museau. Le
jeu lui a plu mais il est plus fin que moi : personne
ne me guette ; il me le fait comprendre. Et nous
nous écartons encore, tout doucement, à la papa.

« Il y a plus d'une heure que nous nous baladons
dans ce labyrinthe. Tout d'un coup, César s'arrête
et fait la statue de pierre. Moi aussi je suis fin
(quand il s'agit de César), je l'imite immédiatement. Trente secondes après je sens le vent de la
balle et j'entends la détonation. Mon bonnet est
troué au même endroit que la première fois ; exactement. La balle a emporté la magnifique réparation que j'avais fait faire par mon ordonnance.
C'est donc volontaire et un tireur de cette force
peut me tuer à son gré, s'il veut. Il ne veut pas.

« Au premier coup de pistolet je me dis : "Il a
voulu te prévenir de ne pas fourrer ton nez dans
cette histoire" (pourquoi d'ailleurs ! on sait très
bien parmi ces gens qu'un coup de pistolet ne
m'impressionne pas, surtout s'il passe très près). Au
deuxième coup de pistolet, je pense qu'il a voulu

me dire quelque chose, quelque chose qui me concerne seul, et je le pense de plus en plus, quand, à l'occasion de l'assassinat des Blachas, puis de celui de la famille Juvénal, dans des circonstances semblables, il emporte, avec la même précision, une troisième et une quatrième réparation de mon bonnet de police. Toujours exactement au même endroit.

— Pourquoi m'as-tu caché tout ça, c'est un fou.

— Parce que je m'attendais à ce que tu viens de dire. Mon ordonnance a mieux raisonné que toi quand il a prétendu que c'était quelqu'un qui n'aimait pas le point de croix avec lequel il faisait sa réparation. Dès que les gens ne procèdent pas comme toi, ils sont fous ?

— C'est un assassin !

— C'est donc un assassin qui a quelque chose à me dire et qui éprouve certaines difficultés à se servir de moyens ordinaires quand il veut correspondre avec un capitaine de la gendarmerie royale.

« À propos de correspondance, au surplus, après chaque affaire, après chaque coup de pistolet, la lettre anonyme, avec toujours les mêmes injures, ou, plus exactement, toujours les mêmes sortes d'injures. Tu ne me demandes pas lesquelles ?

— Ça peut foutre !

— À ton aise. Et aucun doute sur la façon dont ces lettres anonymes sont rédigées et donc sur leur provenance. L'écriture des lettres et les coups de pistolet viennent de la même main. Il y a dans les deux cas la même précision et la même imprécision. On m'injurie avec des injures qui ne me touchent pas.

— Tu n'as pas essayé d'attraper ton facteur ?

— J'ai plutôt essayé de lui faciliter sa distribution. C'est un timide. »

C'était un peu fort de café pour Achille ; il cracha dans ses moustaches et il me dit avec un peu d'emphase que ce timide avait, avec sa bande, assassiné vingt-neuf paysans.

« Il a donc, lui répondis-je, quelque chose à me dire qui n'a rien à voir avec ces assassinats ; quelque chose qui le rend timide. »

Je n'avais pas envie d'en raconter plus. Je sais comment on fait perdre le fil à Achille : il le perdit en vingt minutes et il m'invita à déjeuner.

On fuma des cigares. On parla de l'ancien temps. Je partis pour rentrer vers quatre heures. C'était le grand beau soleil de septembre et je montais Oracle qui est une bête serviable, sans obséquiosité mais prête à constamment rendre service. Elle prit, dès la sortie d'Aix, un trot allongé de grande fête.

J'avais eu affaire aux verdets dès mon installation à Saint-Pons. C'était à ce moment-là une bande semi-politique, semi-ecclésiastique, semi-tout ce qu'on voudra. Il s'agissait, en gros, de complots contre rien et contre tout, d'une sorte de Terreur blanche bâtarde et attardée ; et en détail, d'une couverture à beaucoup de noirs desseins, si noirs qu'il fallait de bons yeux pour arriver à distinguer, au fond, les bas violets de l'évêque. On cessa de les voir, d'ailleurs, dès la première maladresse et on reçut même (pas moi, mais le préfet, du préfet à Achille, d'Achille à moi) par le canal du grand vicaire, des indications pour « mettre fin à de regrettables entreprises qui etc. ». Je mis fin.

Les verdets (qu'on appelait ainsi parce qu'ils étaient vêtus de ce droguet vert-de-gris qu'on file dans les montagnes de Castellane et qui habille les paysans du haut Var) étaient environ une cinquantaine, quinze à vingt tout au plus à cheval. Ils étaient armés du fusil de chasse, plus facile à approvisionner en munitions que les carabines volées à l'arsenal de Toulon, de pistolets, de couteaux, et un pauvre bougre, mais noble (je dis pauvre bougre parce qu'il fut rapidement dépassé par les événements et forcé à l'inélégance) les commandait.

À ma connaissance, ils se contentèrent tout d'abord de parader à la militaire sur le plus désert des plateaux, puis à rosser sans trop de méchanceté quelques rouges qui avaient fait bien pire en leur temps. Mais ils ne tardèrent pas à tomber aussi bas qu'étaient tombés ceux qu'ils pourchassaient. Mal commandés (même pas commandés du tout par le fameux M. de...), ils commencèrent par dévaliser des poulaillers — ce qui n'était guère reluisant — et ils finirent par tuer à Rians un couple de vieillards qui n'étaient ni rouges, ni blancs, ni bleus, mais possédaient quelques titres de rentes. À cette occasion, ils avaient un peu chauffé les pieds des pauvres bougres. C'est le lendemain matin qu'on reçut à la préfecture d'Aix l'ambassade du grand vicaire. Elle me fut notifiée à midi. À midi et demi nous étions en selle ; à une heure en cam-

pagne, munis des précieux renseignements, et, à
trois heures de l'après-midi, à la suite d'une sorte
de bataille rangée où les voyous essayèrent de jouer
aux petits soldats, on aligna sur les aires de Meyreuil onze cadavres de verdets, plus celui de M. de... ;
le seul qui avait essayé, sans y parvenir, de mettre un
peu d'élégance dans son combat. Sur trente-deux
prisonniers, quatre furent par la suite condamnés à
mort et exécutés. Le reste traîne encore le boulet
en habit rayé à Toulon. Nous avions eu un blessé
léger qui fut guéri avec du vin.

C'est pourquoi je n'avais pas d'abord attribué
aux verdets la série de crimes qui me préoc-
cupaient. On avait beau me dire : Il en est resté
une dizaine, j'avais trop le souvenir de ces corps
sans âme qui essayaient de jouer à Fontenoy.
M. de... était mort, et depuis les contacts évêché-
préfecture les châteaux étaient rentrés dans le
rang, même celui de M. de..., tombé en quenouille,
d'ailleurs.

Mais après l'assassinat des Blachas, une de mes
patrouilles avait eu la bonne fortune de surprendre,
de chasser et d'abattre dans le petit matin, près de la
ferme, un cavalier suspect, tout de suite agressif. Et
c'était un verdet. Quelqu'un avait dû les reformer et
les reprendre en main. Mais qui ? Sûrement quelqu'un de plus compétent que M. de..., à en juger
par l'habileté de mouvement qui les faisait
chaque fois glisser entre nos pattes. Quelqu'un
de plus compétent et quelqu'un de plus élevé en
grade, si le cœur distribue des galons. Toute
question de morale mise à part, je ne pouvais pas

m'empêcher d'avoir de l'estime pour ce zèbre. Je
manœuvrais bien mais il manœuvrait mieux. Ses
crimes étaient abominables mais gratuits. Ces fermiers isolés étaient très misérables ; il n'y avait rien
à voler chez eux et on ne leur volait rien, même pas
le bétail. Les pauvres bougres n'avaient jamais fait
de politique. Ils ne savaient même pas sous quel
roi on était. Je me connais assez pour savoir que ce
nouveau chef des verdets tuait pour se prouver
quelque chose. Se prouver quoi ? Ou pour prouver quoi ? À qui ?

Les charmantes servitudes d'Oracle, le glorieux
soir de septembre, l'odeur de raisin qui coulait de
tous les villages en vendange, me poussaient aux
réflexions sublimes.

Rentré à la caserne, après avoir réglé le service
de nuit (il faut être constamment sur ses gardes
sur cette grand-route) j'ouvris le tiroir aux lettres
anonymes. Je me sentais disposé, sans savoir pourquoi, à quelque résolution tendre, c'est un triste
état pour un solitaire et qui ne va pas, pour moi en
tout cas, sans une forte envie de se jeter dans le
parti opposé.

Elles étaient là, toutes les quatre, de la même
écriture, intelligente et sensible, pas dissimulée
du tout, au contraire ; j'en pris une. Je n'avais
jamais eu, comme ce soir, la sensation aussi nette
que c'était la moins anonyme des lettres. Il ne
manquait que la signature. Chose étrange, les
injures que je relisais ne me touchaient pas, ne
m'avaient jamais touché. J'en étais, au contraire,
plutôt flatté. Et brusquement je compris !

Je dois me rendre cette justice, je partis à l'instant même. Je ne suis pas vain de ma personne, et ce que je venais de comprendre éclairait tout. Je ne menais pas la vie que je menais sans savoir que la timidité et la passion réunies poussent à des extrémités inconcevables. J'étais en face de mon propre reflet. Si je ne me trompais pas, je savais où aller. Il fallait fouiller dans la quenouille de M. de... Je pris tout juste la précaution de demander deux volontaires. Ce furent d'abord, bien entendu, mon ordonnance qui était « Aux anges » et le vieux Mathieu dit « Mon soldat ». Je suis encore fier de ce sang-froid. Cinq minutes après nous galopions vers les plateaux. Je montais César. Dès les premiers contreforts, je fis prendre une allure plus raisonnable.

À l'aube, nous fîmes halte, sous une yeuse, dans les parages de Martange. Le jour se leva. Je compris que la gloire du jour précédent m'avait aidé à trouver la solution. D'ailleurs, avec le soleil, la même tendresse sauvage illumina les bois.

À Martange, je fis prendre un sac de pain, de la saucisse, deux bottes de foin et j'eus l'idée d'une sorte de politesse. J'envoyai chercher du Niger à l'épicerie. Cette teinture noire légèrement parfumée sèche instantanément. J'ai beaucoup de poils gris dans la moustache. Avec le Niger, je redeviens jeune, en me regardant dans un fourreau de sabre.

Nous fîmes grand-halte dans un vallon perdu, un peu plus tard que midi. À partir d'ici, il y avait quelques précautions à prendre ; je donnai mes ordres en conséquence. Nous ne quittâmes plus le couvert, nous contournions les collines sans jamais passer par les sommets. Nous marchions au pas, en file indienne à trois longueurs les uns des autres, moi premier. En cas d'alerte, notre plan était tracé, chacun avait sa consigne.

Nous entrâmes peu à peu dans le sacro-saint de la montagne. La pente sableuse dissimulée sous les chênes étouffait nos bruits. Quand les feuillages qui nous cachaient s'écartaient, nous apercevions le plateau qui s'en allait de tous côtés jusqu'à l'horizon. Parfois, un peuplier, déjà jauni et à moitié effeuillé marquait l'emplacement d'une bergerie abandonnée depuis Louis XIV ; ou l'élancement d'un hêtre les derniers restes de la forêt que les vents avaient rasée.

« Mon soldat » m'appela à voix basse. Il avait mis pied à terre. Je fis demi-tour et l'imitai. Il me montra, sur le bas-côté de la piste, où le sable mêlé à l'herbe a un peu plus de consistance, l'empreinte d'un fer à cheval. Elle était bien plus petite que les empreintes laissées par nos propres chevaux. Charmante. Doublement charmante.

« Jument ! » dit « Mon soldat ».

Je fis signe que oui.

« Venue de la gauche, dit "Aux anges". Qu'est-ce qu'il y a de ce côté, à vol d'oiseau ?

— Motus », un doigt en travers des lèvres, et je me remis en selle.

J'avais compté être à pied d'œuvre avant la fin du jour, mais la nuit tomba pendant que nous étions encore dans le large du plateau, sans point de repère. Les distances trompent, surtout, je m'en rends compte maintenant, quand on essaie de se tromper soi-même : en tête de file, j'avais instinctivement ralenti le train. Il fallait faire contre mauvaise fortune bon cœur. La marche de nuit, à cheval, surtout dans la situation délicate où nous nous trouvions, et dans ces régions, est impossible. Nous risquions de perdre le fruit de tous nos efforts ou de nous faire tuer bêtement. C'est l'adverbe qui me fit peur.

On s'installa dans un fourré d'amélantiers, on donna le foin aux chevaux ; on mangea encore un peu de saucisse et je pris la garde, ayant dit à « Mon soldat » et à « Aux anges » que, de toute façon, je ne dormirais pas. Ce fut, en ce qui me concerne, un mauvais moment. La nuit démesure. Je remâchais des problèmes personnels.

J'écoutais voler les hiboux et glapir les renards. Vers le matin, un étrange animal qui ricanait vint renifler nos bottes. Il s'approcha à moins de dix pas. J'eus la satisfaction de constater que nos chevaux ne bougeaient pas d'un poil. C'est la seule satisfaction que j'eus de toute la nuit.

À la pointe du jour, au bout d'une heure de marche que je menai cette fois rondo, la rosée fit briller à un quart de lieue devant nous le toit d'une grange. Elle appartenait à M. de... C'était là.

César dressa l'oreille.

« Il y a d'autres bestioles dans les parages », dit « Mon soldat ».

En effet, après mille précautions d'approche, nous sommes à la lisière, à cent pas de la grange. C'est un cube de pierres crues. La grande porte est fermée. Devant elle, au piquet, sept chevaux. Je vois tout de suite une bête fine et racée : celle qui dut laisser l'empreinte que nous regardions hier soir. Sans bruit, nous nous mettons au vent. À part la porte, la grange n'a qu'une petite lucarne qui se trouve précisément du côté où nous nous plaçons. Nous commandons les deux issues. On peut presque tout régler à la carabine ; en tout cas, tout ce qui concerne « Mon soldat » et « Aux anges ».

Les chevaux au piquet ont l'habitude de recevoir de la compagnie, ils ne sont pas troublés par l'odeur des nôtres qui doit bien leur arriver, malgré la précaution du vent. Pied à terre, sauf moi. Quelques petites indications à César, par les genoux, le plat de la main, un peu de flatterie à l'encolure et deux claquements de langue. « Aux anges » et « Mon soldat » en tirailleurs, couchés, carabines pointées, cartouches étalées à côté d'eux. Nous sommes fin prêts.

Nous le sommes même un peu trop tôt. J'ai encore le temps de recevoir la visite d'une des réflexions de la nuit. Elle n'a pas l'occasion de faire trop de ravage, car la porte s'ouvre. Le vantail est lourd ; on met un siècle à le tirer. Sort un petit personnage léger, il me tourne le dos ; il a une drôle de démarche. Je n'avais jamais entendu battre mon cœur ; je l'entends. Sort un gros. Ce sont des verdets. Je calme de la main mes deux zèbres qui me regardent. Le gros et le petit vont aux chevaux, se mettent à en habiller deux, notamment la bête fine et racée. Je cherche à voir les visages des bonshommes ; je n'y parviens pas : chaque fois que, dans leurs allées et venues ils me font face, ils sont masqués par les chevaux. Même quand ils se mettent en selle, question de visage, je suis floué. Soudain, je comprends que je préfère ; que si j'avais fait des prières hier soir, je l'aurais demandé. Je commande à voix basse : « Abattez le gros, laissez-moi le petit et empêchez la sortie des autres. »

Les deux coups de carabine claquent ensemble. Le gros verdet tombe comme un sac. Le petit frappe des talons et s'échappe. C'est lui qui monte la bête de race. Je m'élance à sa poursuite en poussant plus vite César avec mes nerfs qu'avec ma tête et il s'en faut de peu que je me la fracasse contre une branche. J'entends les carabines qui continuent à claquer. Je n'ai pas perdu dix mètres au départ : le petit verdet est devant moi et pique vers le large.

Il ne me faut pas plus d'une minute pour que je sois très heureux (et César aussi) : le cheval du petit verdet est une merveille ! Et il est monté comme par un dieu. Son cavalier est presque couché sur lui, le cul décollé de la selle, menant tout son train par les jarrets et les genoux ; la bête s'allonge comme un serpent ; elle touche terre à peine ce qu'il faut ; c'est de l'huile qui coule au ras des taillis noirs, dans un orage de feuilles arrachées. J'ai confiance en César et César a confiance en lui,

mais je sens à ses frissons qui frôlent mes cuisses
que nous avons des petits moments de doute.

Et je propose quelque chose à nos deux proies.
Je retiens César. Nous perdons du terrain. Je
m'écarte, non pas comme si j'abandonnais, les
proies n'y croiraient pas ; comme si je voulais dire
que la coquetterie n'est pas digne de nous quand
il s'agit d'elles et de moi. Est-ce bien un piège dans
mon esprit ? Elles n'y tombent pas. L'allure là-bas
devant se maintient vraiment pour me perdre, il
ne s'agit pas de coquetterie. Elles ne me perdront
pas. Je reprends la chasse. Cent mètres de plus ou
de moins ne font rien à l'affaire. Je suis honteux
de penser qu'il me suffit de suivre pour prendre à
coup sûr : César est dix fois plus résistant que la
bête de race, et moi, dix fois plus, disons expéri-
menté, que le petit verdet.

Mais il ne veut pas être pris à coup sûr. Il semble
gêné par le sentiment qui me gêne. Et il me propose quelque chose, lui aussi. Il pique, en forçant
l'allure, vers un couvert de hêtres. À la lisière, il
met pied à terre. Je vois son cheval s'éloigner de
lui au triple galop. Cependant, j'en suis sûr, il ne
l'a pas frappé : il a dû lui parler d'une certaine
façon. Ces bêtes sont fidèles et tendres ; il a dû la
convaincre ; trop rapidement, peut-être sur un
sujet déjà entendu.

Son piège est plus terrible que le mien. Il est possible que le petit verdet ait tout compris lui aussi.
J'entends pour la deuxième fois battre mon cœur.
Mon pied gauche est en train de décoller de
l'étrier ; non : je décide de rester en selle. En selle,

mais décontenancé. César — qui n'est qu'un cheval — n'y comprend plus rien et moi, qui ai apprécié l'élégance de la séparation du verdet et de sa jument, je rudoie César pour l'obliger à m'obéir. Je ne pense à lui parler que lorsqu'il a déjà obéi. Je le fais quand même pour m'excuser.

Et je n'ai à ma disposition que ce que je sais faire dans les moments extrêmes : je m'avance au pas, en faisant face. Si j'ai bien tout compris, le tireur émérite ne tirera pas cette fois, ni sur César (il est trop cavalier pour s'attaquer à un cheval), ni sur mon bonnet de police, ni sur moi. Ainsi, j'arrive au couvert de hêtres. Je suis surpris de ne pas voir mon petit verdet.

Me suis-je trompé ? Non, il est là, à dix pas de moi, debout, immobile. Il a masqué son visage d'un foulard, ses longs cheveux tombant plus bas que les épaules dépassent seuls du voile qui lui couvre la tête. Le piège s'est refermé sur moi. Mais mon pistolet d'arçon vient dans ma main par l'opération du Saint-Esprit, et je tire tout de suite, pour tuer. J'y parviens heureusement du premier coup. J'ai vu le sang noircir à flots la région de son cœur.

Je n'ose pas encore mettre pied à terre (elle est sûrement morte : j'avais chargé à double balle). Enfin je me décide et je m'approche. Elle est couchée sur le côté. Je lui ai évité les soubresauts indécents de l'agonie. Ses mains nues m'éblouissent. Je songe avec un amer plaisir au Niger de ma moustache.

Je ne dévoile pas son visage. Et je ne veux pas qu'on le dévoile. En tout cas, je ne veux pas le

connaître. Tout a été correct jusque-là. J'avais peur
que rien ne le soit. Elle s'est très bien comportée.
Mais je ne peux pas m'empêcher de voir la courbe
exquise de sa joue. Je me détourne. Je vais
m'asseoir à dix pas de là.

C'est vers le milieu de l'après-midi que je me
décidai à tirer des coups de pistolet en l'air pour
signaler ma position. « Mon soldat » et « Aux
anges » arrivèrent une heure après. Ils avaient
liquidé la grange : sept verdets. Ils ramenaient les
chevaux.

Ils allèrent voir mon tableau de chasse. Je recom-
mandai de ne pas toucher au visage et je chargeai
« Mon soldat », qui est le plus rustre des deux,
d'attacher solidement le voile par un nœud derrière la tête. Depuis que mes coups de pistolet tirés
en l'air m'avaient éveillé, j'avais peur que le vent ne
le soulève.

« Vous saviez que c'était une femme, mon capitaine ? »

Je dis non. D'ailleurs, c'était une jeune fille.

On fit un trou et on l'enterra. À cause des bêtes.

Je passai la première nuit à trotter sur le plateau
pour rallier la caserne. « Aux anges » et « Mon soldat » avaient certaines difficultés avec les carnes des
verdets. Je craignais la seconde nuit. Je savais
qu'après elles iraient en s'amincissant. Or, contrai-
rement à ce que je croyais, le sommeil m'emporta.

Je fus réveillé par le planton. Il était trois heures
du matin. Je n'avais pas pensé, la veille, à annuler
les dispositions prises pour faciliter la distribution
du facteur des lettres anonymes (comme avait dit

Achille). On avait donc remonté la garde habituelle et le planton me demandait de venir voir.

Il me précéda avec sa lanterne. Il me dit : « Elle ne veut plus s'en aller. » Un frisson me secoua l'échine.

C'était la jument. Elle était dans la cour, plantée devant la fenêtre sous les volets de laquelle les billets d'injures étaient d'ordinaire glissés. Quand elle me vit, elle gémit et s'approcha.

C'était une bête splendide. Je la caressai jusqu'à ce qu'elle cesse de gémir. Le lendemain je la fis mener toute seule au dépôt de remonte, avec une lettre où je demandais instamment qu'on ne la fasse pas pouliner. Je ne me suis jamais expliqué pourquoi !

Le Bal

Achille était éberlué. Il ne bégayait pas ; l'habitude du commandement (et souvent dans des circonstances difficiles) lui avait assuré la voix une fois pour toutes, mais il faisait des phrases courtes et il avalait un peu ses fins de mot : ce qui était manifestement le signe qu'il désirait par-dessus tout en finir avec moi.

« Tu refuses l'invitation du préfet ! »

J'étais dans un de mes bons jours, je répondis gentiment.

« Présentée de cette façon (qui est cependant la bonne), la chose manquerait un peu de diplomatie. Il y a le pot de terre et il y a le pot de fer ; ce n'est pas un simple capitaine de gendarmerie comme moi...

— Ni même un colonel, dit Achille, en plaquant sa main grande ouverte sur sa poitrine. Et d'ailleurs, pourquoi veux-tu que je fasse de la diplomatie pour une chose aussi simple que le bal de la préfecture ? »

Ce brave Achille est bien le seul à voir encore de la simplicité dans une préfecture — surtout la nôtre — même pour un bal — surtout pour un bal, la nuit du 27 juillet, alors que dans les blés coupés les grillons eux-mêmes, morts de chaleur, ne peuvent plus bouger un poil.

S'il y avait eu moyen d'user à son égard d'un peu de connivence, je l'aurais fait. C'est bien dommage que je ne sois pas un grand seigneur, mais, depuis Waterloo, je n'ai que mon métier pour me tenir propre, je l'exerce.

La malice était cousue de fil blanc : on nous disait, somme toute, qu'on n'avait pas besoin de prendre des gants pour nous berner. Dans le canton de ma juridiction dont le centre est le casernement solitaire de ma demi-brigade, au lieu-dit Les Quatre Chemins, sur la route d'Italie, au carrefour de celle qui descend des montagnes et va vers la mer, je trotte tous les jours que Dieu fait à la recherche de quoi fouetter les chats, et j'en trouve. Le territoire dont j'ai la surveillance va de Saint-Maximin à Châteauneuf-le-Rouge et des confins de la Sainte-Baume jusque dans les bois profonds de la Gardiole, de la Séouve et du Sambuc, où l'on a pris soin de ne pas délimiter exactement mes frontières. Rien que sur le parcours de la grand-route, j'ai des espions dans cinq auberges. Demi-espions ou même quarts ou huitièmes, qui mangent à divers râteliers... mais à qui j'ai su inspirer assez de sainte frousse pour être sûr de ce qu'ils donnent en échange de rien du tout ; un œil fermé, de temps à autre, quand il ne s'agit pas d'affaires d'État. On m'aime dans trois cabanes de bûcherons sur dix, ce qui est une excellente proportion, car dans les sept autres on me hait, et la haine ne fait pas de cocus, on peut s'y fier. Par-dessus tout, il y a ce que je vois, ce que j'entends, ce que je renifle du haut de mon cheval.

Nous étions le 20 juillet. Le 4 juin, le 6 juin, le 13 juin on avait dévalisé sans coup férir, et avec une désinvolture qui me disait quelque chose, la diligence de Sisteron à Manosque, celle de Digne à Riez et la voiture publique de Comps à Draguignan. Chaque fois, on avait emporté la caisse du payeur général. Rien de tout ça ne nous concernait : ils avaient des préfets et des gendarmes dans les Basses-Alpes et dans le Var. Rien ne nous concernait non plus dans un coup qui s'était fait le 21 juin, au fond d'un pays perdu, du côté du Logis du Pin où trois perceptions avaient été mises à sac en vingt-quatre heures dans un périmètre de cinquante kilomètres carrés, ce qui dénote de fameux cavaliers, et mit presque un nom sur mes lèvres (quand j'étais seul, car je suis comme les chasseurs de tempérament, je garde le gibier pour moi). Il ne s'agissait surtout pas d'aller me mêler de ce qui ne me regardait pas : que le fermier garde ses poules ; mais, si je peux savoir de quelle haie va débusquer le renard, mon plaisir veut que ce soit à côté de celle-là que j'aille me poster.

Je m'arrangeai pour tailler une petite bavette avec le colporteur de Pourcieux.

« Évidemment, dit ce Socrate, c'est bien ce que vous pensez.

— Et comment sais-tu ce que je pense ?

— Et comment croyez-vous que je suis arrivé à l'âge que j'ai ? répondit-il. Dans ce pays, ajouta-t-il, où on attrape facilement des coliques de plomb pour peu qu'on se "découvre". »

J'eus confirmation d'autre part et à différentes reprises. Il ne s'agissait toujours que de mots en l'air, mais qui retombaient bien. Enfin, il n'y avait pas quinze jours, qu'étant à flâner vers les six heures du soir aux lisières de Châteauvert, dans des fenouils grands comme des arbres, j'avais rencontré deux amazones.

Celles-là, je les connaissais bien. Il y avait cette Junon en marbre de Carrare, Mademoiselle de B., qui a deux cardinaux, un amiral et un confesseur de roi dans ses ancêtres, et la petite marquise de Théus, fine mouche s'il en est une, et qui monte si bien à cheval. Ce n'est même pas qu'elle monte bien, elle est comme une pièce d'échecs qui vient de faire mat (quand on sait ce qu'est un cheval, voilà qui épate ; les cavaliers me comprendront). Avec ça, jolie !

Je n'avais jamais vu ces deux dames si près de mon cantonnement. D'ordinaire, on ne les envoie pas patrouiller plus bas que les chênes de Candelon. Même la fois où nous avons essayé de battre la montagne en formation serrée, et où, par conséquent, tout ce monde pouvait craindre d'avoir chaud, Mademoiselle de B. et la marquise n'avaient pas dépassé la ligne des chênes qui bordent les bois profonds.

Nous nous fîmes un beau salut : je crois que c'est moi qui en pris l'initiative.

Après une telle rencontre, il me fallait des renseignements plus précis. Je les obtiens d'ordinaire par la Marinette. C'est une vieille femme qui habite seule dans un cabanon, au milieu des hêtres, sur le plan Rougier, vers les Moulières, à une petite heure de mes quartiers. J'ai eu affaire à elle pour des babioles, les premiers jours de mon installation aux Quatre Chemins. Elle apprécia ma façon de mettre de l'ordre dans les choses, ou, plus exactement, de laisser le champ libre au désordre, quand il est naturel, et c'était le cas. Cette personne vend ses charmes (que ce mot est léger pour désigner ce qu'en réalité elle vend !) aux bûcherons de toutes les montagnes d'alentour. Je ne vois pas ce qu'on pourrait lui reprocher : c'est un rude métier. Et c'est une rude bonne femme. Elle sait tout ; tout ce qui se passe et qui va se passer à vingt lieues à la ronde. Pour lui tirer les vers du nez, bernique, mais si on sait déchiffrer un petit bavardage sans conséquence, on apprend beaucoup. Elle m'a montré le système les premiers temps, puis elle a oublié qu'elle me l'a montré ; comme ça, elle est tranquille.

Les attentats de juin étaient bien le fait de nos légitimistes. Ils avaient lancé à quatre reprises des razzias dans les départements voisins, sûrs de frapper rapidement et de pouvoir ensuite se replier par des voies mystérieuses dans nos forêts. Le butin avait été centralisé, comme d'habitude, du côté de Rians, dans un château dont j'avais bien une vague

idée, mais réputé intouchable, plein de sabres et de
goupillons. Nos messieurs respectent cet argent
volé : il est sacré. Dès qu'il y en a un petit tas, ce qui
était le cas, ils le font passer aux îles, tantôt la Corse,
tantôt Majorque, où il est centralisé pour le compte
de leur futur coup d'État. Moi, je veux bien, mais le
roi actuel me paie pour que je sois d'un avis
contraire. Et si on a tant fait que de troquer volon-
tairement le champ de bataille de l'Europe pour le
tout-venant, c'est bien le moins qu'on mette son
point d'honneur à en donner pour leur argent à
ceux qui vous emploient. (Ceci dit pour céder à un
peu de mauvaise humeur.)

Ces messieurs avaient à résoudre divers problèmes. D'après Marinette (et elle ne devait pas se
tromper de plus de cent grammes) le magot montait à environ trente kilos de louis. C'est plus qu'il
n'en faut pour crever le meilleur cheval du Sambuc
à Marseille. Faire un convoi escorté, c'était vraiment tirer la moustache au tigre : on peut se foutre
de moi à la préfecture, mais aux Quatre Chemins
c'est une autre paire de manches et ces messieurs
étaient payés pour le savoir. Or, la route du Sambuc
à Marseille passe obligatoirement par les Quatre
Chemins, ni à droite ni à gauche, juste devant ma
porte. C'était, en effet, « coton », étant donné ma
curiosité bien connue et mon goût pour la chasse
au renard, mais le bal arrangeait la sauce. Il autori-
sait le vagabondage de toutes les berlines des châteaux, pleines de femmes en toilette et de tous les
cavaliers qu'on voulait, à condition qu'ils soient
sur leur trente et un, ce qui était facile. Ils pou-

vaient exhiber des invitations en bonne et due
forme à faire s'incliner les képis de tout le département, M. de Polastron, notre préfet, étant un Parisien à gros bec que nos matois, et surtout nos
matoises, avaient facilement roulé dans leur farine.
Au surplus, pour parer à toute éventualité, étant
donné qu'on me savait par expérience arrogant à
n'en plus finir, et fort capable, une fois sur la piste,
de sauter toutes les barrières, même celles du beau
sexe ou d'une belle signature, il suffisait de me
faire inviter à ce bal. Même avec mes ordres, mon
brigadier, une fois seul, n'aurait jamais l'audace de
contrer, bille en tête, un sourire dans de la dentelle
et un carton paraphé par la plus haute personnalité
du département.

Il suffisait de voir les sourcils froncés de mon
brave Achille et l'ombre de méchanceté qu'on
avait même réussi à installer sur son visage pour
imaginer à quel point M. de Polastron avait dû tara-
buster son état-major et sa maison militaire au sujet
de ce bal de juillet. Je n'aurais pas dû prendre l'initiative de saluer les deux amazones dans les
fenouils : elles étaient en droit, maintenant, de me
croire maté, comme les autres.

Achille insista ; je l'ai toujours connu terrifié
par la mazurka.

« Il t'a invité en personne. Il a inscrit ton nom
lui-même sur un carton, devant moi. »

Je ne répondis pas. Il prit son ton Montmirail
qui implique l'emploi du « vous » et l'air *Pas de ça
Lisette*.

« Je vous donne donc l'ordre, capitaine, l'ordre formel, d'être présent à ce bal, à partir de l'heure précise marquée sur votre invitation, en grand uniforme, et pour y rester présent jusqu'au moment où je vous donnerai moi-même le signal du départ, ou, plus exactement, l'autorisation de vous retirer. »

Et, comme il avait l'impression d'avoir un peu mis les pieds dans le plat, il ajouta :

« Nous sommes les défenseurs de la loi, je le sais, mais nous sommes également l'ornement des fêtes. »

La phrase n'était pas de lui.

J'étais navré d'avoir pris l'initiative de ce salut dans les fenouils. Plus j'y pensais, plus je me faisais l'effet d'un jobard. Le marbre de Carrare, passe encore, mais cette petite marquise semblait vraiment (d'après ce que j'en savais) avoir trop d'esprit pour que je puisse faire fi de son opinion.

À un moment ou à un autre, Marinette avait parlé d'un Joseph Costa. Elle n'avait pas semblé le mêler à l'affaire, mais avec Marinette, il faut faire attention. Je connaissais ce Joseph Costa, vaguement de vue et assez bien de réputation. Il était beau, portait beau, avec quelque chose d'un peu faisandé dans les profondeurs, mais il fallait avoir bon nez ou être professionnellement centré sur l'odeur, sans quoi rien ne dépassait et il avait les contours aussi nets qu'un prince d'Eckmühl. Il était arrivé d'Italie un peu *ex abrupto*, et il avait fait carrière chez nos messieurs, grâce à sa belle petite gueule et une sorte de virtuosité générale qui le faisait volontiers plonger aux abîmes, qu'ils soient tendres ou sulfureux. Les femmes l'appréciaient, les hommes n'étaient jamais arrivés à le mettre sérieusement dans l'embarras. Il prétendait descendre d'un Joseph Costa d'Alesso, chevalier de l'ordre de Saint-Jean-de-Jérusalem. Ce genre de personnage ne peut pas rester éloigné de trente kilos de louis qu'on trimbale dangereusement. Marinette avait certainement voulu me mettre la puce à l'oreille, mais quelle puce, et à quelle oreille exactement ?

Il était inutile de retourner la voir. Je fis parler Pourcieux, non plus sur l'or, puisqu'il jugeait ne pas devoir se « découvrir » de ce côté-là, mais sur la pluie et le beau temps, en ayant soin de donner à cette conversation l'apparat qu'il fallait pour lui faire comprendre que je voulais beaucoup de pluie et beaucoup de beau temps. Je le fis venir au casernement la nuit, puis chez moi, puis je fermai la porte à clef, puis je l'interrogeai dans l'ombre. Sans lumière. Dans cette obscurité totale (qui change la valeur des choses), il me lâcha des bribes de rien du tout, mais où tout y était, si bien qu'à la fin j'eus une idée assez complète des événements.

Mon Costa était le roi de la fête. D'abord, il se gobergeait depuis six mois dans les petits papiers et peut-être même dans les grands de Mlle de B. (prénommée Blandine) ; ce qui expliquait la descente du marbre de Carrare jusqu'en vue de mon cantonnement. La petite marquise avait dû suivre pour surveiller la cariatide qui était un beau meuble mais passait pour avoir une cervelle d'oiseau (les mauvaises langues disaient « comme un pois chiche »). Le magot déménagerait sous bonne escorte la nuit du 27, grâce au charroi élégant du bal, et il serait entreposé dans une cabine de la *Julie-Leborne*. Et c'est là que ça se corsait ; ou, tout au moins, là où il y avait peut-être matière à discussion. La cabine était au nom de Costa ; il allait convoyer le trésor jusqu'à destination : Pourcieux en était sûr. « Quand c'est pour la Corse, dit-il, ils y vont à trois ou quatre, et c'est le grand, avec les moustaches fines, qui les conduit. (Le château, derrière La Verdière, vers les gorges, vous voyez qui je veux dire ?) Mais quand c'est pour Majorque l'escogriffe est toujours seul. Le voyage dure plus longtemps et ils ne veulent pas démolir leurs escadrons. Et puis, le joli cœur parle espagnol. »

Une visite que je fis en civil au *Sémaphore* à Marseille m'apprit que la *Julie-Leborne,* qui faisait le transport des passagers entre Marseille et Barcelone en touchant Collioure, poursuivait ensuite sa route sur Palma de Majorque.

Elle était présentement à quai dans le canal Saint-Jean, et elle appareillait le 28 juillet, mais à huit heures du soir pour profiter des vents étésiens qui descendent régulièrement du Rhône au coucher du soleil. Ce laps de temps qui devait s'écouler ainsi entre le bal et l'appareillage de la *Julie* me donna une idée.

Mon civil facilitait les choses. J'allai rue Tapis-Vert et je demandai M. Pierre à une bonne femme qui balayait le devant de sa boutique. Il habitait bien toujours le même endroit. J'ouvris la porte sans frapper. Ils étaient là tous les trois. Ils furent très surpris ; et embêtés, car ils me reconnurent tout de suite. Malgré l'heure matinale, ils étaient déjà au travail.

M. Pierre, qui est d'ailleurs l'authentique et dernier fruit de je ne sais plus quel très vieux rouvre généalogique, me devait, non pas une fière, mais une petite chandelle. Avec ses deux acolytes dont l'un est une femme (Clarisse), il écumait la bourgeoisie des petits bourgs pendant les mois d'hiver. Le trio, avec tout l'extérieur d'un grand train, fréquentait les auberges huppées et, le soir venu, portes closes, mettait des cartes sur un tapis.

M. Pierre jouait, professionnellement, Clarisse, sur son trente et un jusqu'au bout des ongles, charmait, professionnellement, le troisième larron, dont je n'ai jamais su le nom, « portait respect » professionnellement aussi. C'était un beau vieillard blanc et candide, le type parfait du « bon Dieu sans confession », surtout les yeux de chien fidèle, et bleus !

J'avais pris le trio sur le fait, un soir, avec un certain nombre d'as dans les manches ; mais, présentée de cette façon, la malice paraît grossière, alors qu'au contraire il m'avait fallu plusieurs heures d'attention soutenue pour voir clair, tant il était question d'astuce, de ruse, d'élégance, et, pour tout dire, de génie. C'est ce brio qui me fit lâcher prise. Au surplus, j'avais trouvé M. Pierre bon garçon.

Ils étaient présentement en train de s'exercer autour d'une table ronde, avec trois jeux de cartes. Mon entrée — j'avoue : un peu théâtrale — avait pétrifié leurs mains ; elles étaient très belles ainsi surprises au vol, pleines de rois.

Je fis ce qu'il fallait pour rassurer mes lascars. Ce ne fut pas facile, mais j'y parvins, et je pris la précaution de noyer beaucoup de poisson avant d'en arriver à l'essentiel. Quand j'y arrivai, on m'écouta avec la plus grande attention, on me fit répéter, on demanda des détails, des garanties, puis M. Pierre refusa.

Il aurait bien voulu me rendre service, dit-il, mais l'enjeu était trop gros, ou plutôt, comme il l'exprima d'une formule saisissante, « dépassait le niveau de ce qui permet encore le libre jeu de l'honneur ». Il s'expliqua : « Question de gagner, je gagnerai, cela ne fait pas de doute, et peut-être même sans tricher, ou alors d'instinct ce qui revient au même, car c'est impossible à voir, même pour moi. Mais je sais par expérience qu'au-dessus d'une certaine somme d'argent, ce qui est gagné ne l'est plus, le perdant ayant trop d'intérêt à ne pas tenir parole — même s'il s'agit de nobles... Surtout s'il s'agit de nobles. Ils sortiront des pistolets. Or, je ne suis pas couard et j'ai même l'index plus rapide. Il y aura mort d'homme ; peut-être au pluriel ; ce ne sera sûrement pas moi, et là, mon capitaine, je crois que vous ne pouvez pas me couvrir. »

J'en convins. J'étais embarrassé. Clarisse fit craquer nerveusement son jeu de cartes.

« J'accepte, dit le porte-respect. (Il avait la voix douce.) J'ai perdu le feu de la jeunesse. Je l'ai remplacé, comme il se doit, par du savoir-faire d'une assez jolie qualité, car il me suffit, et cependant je suis resté très sensuel et la vie a toujours pour moi beaucoup d'attraits. Rester vieux longtemps sans noircir est un art, mon capitaine. S'il fait votre affaire, je le mets à votre disposition.

— Aux cartes, il est plus fort que moi, dit M. Pierre, c'est lui qui m'a tout appris. »

Le « bon vieillard » me fit reprendre l'histoire depuis le début.

« Votre idée de me présenter comme votre cousin m'honore extrêmement, dit-il, mais il faut l'abandonner. Je le regrette. Pensez à ce qui arrivera quand j'aurai réussi. Il ne faut pas qu'on puisse imaginer un rapport quelconque entre vous et moi. Dégotter une invitation au bal de la préfecture ne doit pas être une chose impossible. Où puis-je vous voir, demain soir par exemple ? »

Je lui donnai rendez-vous *Au Brûleur de loups*.

Je fis donc un deuxième voyage, en civil, à Marseille. En raison de cet événement qui, comme il disait, « de mémoire d'homme ne s'était pas produit », mon ordonnance mit un œillet à ma boutonnière.

« Je n'en ai pas besoin, mon petit. » Il déteste que je l'appelle mon petit.

« Allons, allons, dit-il en me flattant le revers de la redingote comme on flatte l'encolure, laissez ça tranquille : on n'a jamais vu un œillet faire du mal à un capitaine. »

Je ne reconnus pas le « porte-respect ». Il était de toute beauté ! Nous faisions tache *Au Brûleur de loups* ; il nous fallut aller à la *Brasserie Royale*. J'admirais l'élégance du « bon vieillard » : il portait admirablement un frac coupé comme pour Éliacin lui-même ; ses pantalons à sous-pieds étaient des fuseaux de délices ; ses escarpins craquaient comme du pain grillé.

« Défroques, dit-il, mais j'ai donné quelques instructions qui ont été en partie suivies. Après-demain soir ce sera parfait, ne vous inquiétez pas. »

Il me montra une invitation au nom du chevalier Raoul de Fourcières.

« C'est moi, dit-il. J'ai pensé que chevalier était un grade qui convenait à mes cheveux blancs. À mon âge, il fait mauvaise tête, bon cœur. Il n'effraie pas ; jusqu'à un certain point, il rassure, et s'il me faut parler d'honneur il me donne une bonne position de départ. »

Je commençais à penser que j'avais fait une bonne recrue... Je pris bien soin de spécifier que, s'il gagnait (à quoi il répondit tout de suite par un grand sourire et un joli mouvement de manchette), l'argent gagné ne nous appartiendrait ni à lui ni à moi, et qu'il devrait être, le lendemain à la première heure, déposé par M. le chevalier Raoul de Fourcières et moi-même (car je voulais rester blanc comme neige vis-à-vis du trio) à la chefferie de la gendarmerie à Aix, c'est-à-dire chez Achille (car je voulais un peu rire).

« Nous n'avons pas parlé de la mise de fonds »,
me dit le « bon vieillard », comme j'allais partir.

À son avis, il fallait au moins cent louis. Je
demandai bêtement pour quoi faire.

« Pour les perdre », dit-il.

Le bleu de ses yeux était admirable.

J'étais loin d'avoir cent louis. J'en avais vingt. Je
me fis prêter le reste, tout le monde y passa.

Quand, le 27 juillet au soir, je me mis en selle
pour aller au bal de la préfecture, j'emportais avec
moi les économies de tout le casernement et beaucoup de soucis. J'avais encore dans l'oreille ce
« pour les perdre ».

Je laissai mon cheval à Aubagne, je fis toilette et
je pris la poste. À dix heures du soir j'étais à la
grille des jardins Perrier où se donnait le bal.
Achille m'y attendait.

« C'est ce que tu appelles ton grand uniforme ? »

J'étais en pantalon de nankin, bottes souples,
spencer d'état-major, très cérémonie d'été quand
on a le ventre plat et qu'on sait se tenir. Je le lui fis
remarquer.

Les attelages commençaient à arriver. Ça allait
être coton pour retrouver mon « bon vieillard »
au milieu de ce brouhaha. Mais lui me trouva.
J'étais avec les deux filles d'Achille (je suis le par-
rain de la cadette) et sa femme. Elle était en train
de me dire qu'il s'était fait un sang d'encre à mon

sujet ; que, d'ailleurs, il grossissait trop (nous le regardions faire le pacha sous des lanternes vénitiennes) et qu'il ferait mieux de venir, comme il le faisait avant, galoper avec moi dans les collines, quand, du coin de l'œil, je vis passer près de nous un gentilhomme à au moins deux mille quartiers. Les gentilshommes ne manquaient pas autour de nous, mais celui-là frappait par son authenticité. Il contourna un massif de buis et revint. Je le reconnus. Il se dirigea vers une ombre où je le rejoignis. Je lui donnai les cent louis. Je ne pus me retenir de lui dire : « Faites attention. »

« Capitaine, me dit-il, vous êtes encore à temps. Si vous tenez à ces cent louis, reprenez-les car, je vous l'ai dit, je vais les perdre, et avec la plus grande insouciance. N'ayez aucun scrupule, je ne perds pas mon temps, je m'amuse beaucoup ; ce bal est magnifique et je revis mon âge d'or. »

Je repoussai cette sage proposition.

Je fis danser ma filleule.

« Eh bien ! est-ce donc si terrible ? » me dit Achille.

J'avais vu Costa valser avec la Junon. Maintenant, elle était seule ; elle s'éventait en compagnie de quelques femmes dont la petite marquise, mais je dis qu'elle était seule, car la Junon avec des femmes ne semblait pas vraiment en compagnie.

Déjà, quelques lanternes vénitiennes s'étaient enflammées ; on avait aussi fermé quelques salons. Je me payai le luxe d'aller inviter la petite marquise. Elle était si légère, elle valsait si bien qu'on y prenait le plus grand plaisir, mais aucune gloire.

Ce fut mon bal.

Rentré à Aubagne, je repris mon cheval. Il faisait une nuit d'été somptueuse ; dans les vallons frais, des rossignols attardés multipliaient les étoiles. J'aime ce chant qui est comme un silence et ce fourmillement de lumière qui est la nuit. La route montait. J'allais au pas. À y réfléchir, Costa avait disparu vers minuit, je n'avais plus revu le « bon vieillard » : les hostilités avaient dû s'engager ; étions-nous gagnants ou perdants ? Restait aussi à définir le regard qu'avait eu la marquise en dansant avec moi. Je l'ai dit : son habileté la rendait semblable à du vent. Qui peut se flatter de tenir le vent dans ses bras ? Son regard n'était pas un regard de victoire mais un regard intelligent. C'est autre chose ; et qui ne m'apportait pas la paix dans ces vallons sonores.

La journée qui suivit fut longue en diable. Je l'avais prévu. J'avais pris la route de bonne heure pour une « tournée de présence ». Il y a, dans ma juridiction, cinq à six endroits où la fièvre peut se mettre, pour un rien : pour une montre en or, ou simplement parce qu'on a parlé d'une montre en or, ou d'un dé en or ; ou d'un fil d'or, ou de rien (comme je viens de le dire) mais en or : c'est amené on ne sait par quoi, *ex abrupto* ; un mot qu'on dit, une image qu'on regarde (surtout celle des saints, à cause de l'auréole) et les voilà partis dans leur idée ; et tout de suite, leur idée c'est de tuer. Ils sont pauvres, c'est entendu, mais ils tuent généralement des gens qui sont aussi pauvres qu'eux. Il suffit, d'ordinaire, que je fasse acte de présence pour arrêter les frais avant qu'on ait commencé à en faire... C'est une simple promenade, mais il m'est tellement désagréable d'intervenir avec notre maladresse d'hommes nantis dans les distractions de ces déshérités, que je la réserve pour les jours où j'accepte n'importe quoi plutôt que de rester en tête à tête avec moi-même. C'était le cas.

Rentrant de nuit par des hauteurs qui dominaient le lointain massif de Marseille, je vis luire la mer, par-delà. C'est sur cet étain que la *Julie-Leborne* devait être en ce moment en train de chercher les vents du Rhône.

Deux heures après, j'étais en manches de chemise, à ma fenêtre, essayant de trouver un intérêt quelconque à la nuit d'été, quand j'entendis le trot précipité d'un cheval. Voilà mon homme !... Mais le cavalier entra trop délibérément dans la cour du cantonnement et je vis la sentinelle le saluer. J'aurais dû me douter d'ailleurs qu'un civil était bien incapable de pousser et surtout de tenir un cheval à ce trot hongrois. C'était Achille.

« On est dans de beaux draps ! » dit-il.

Joseph Costa s'était suicidé en plein Cercle royal. Les circonstances entourant cette mort étaient étranges. Le rejeton de l'ordre de Saint-Jean-de-Jérusalem était entré dans la grande salle du cercle, manifestement en proie à un accès de fièvre chaude. De toute évidence, il n'était plus dans son bon sens et normalement on aurait dû le prendre par les épaules, l'asseoir dans un fauteuil et appeler le docteur. Au lieu de quoi (Achille le tenait d'un valet de pied qui a été vaguement soldat et s'en souvient à notre profit), ces messieurs ont été comme frappés par la foudre. Ils sont bien restés une bonne minute bouche bée. Puis, on a eu l'impression qu'ils regardaient l'individu comme s'il venait de tomber d'une charrette de fumier et on a entendu une voix (celle du baron de V.) qui disait : « Qu'est-ce que vous faites ici, vous ? » L'autre le lui a montré immédiatement ! Il a mis le canon de son pistolet dans sa bouche et il a tiré.

« Depuis, dit Achille, c'est encore beaucoup plus rigolo : c'est comme une fourmilière dans laquelle on a fourré un bâton. Ils courent de tous les côtés pour sauver on ne sait quels meubles ; les uns sont partis à franc étrier pour Marseille, d'autres pour les montagnes, d'autres virevoltent sur place comme des toupies. On est allé jusqu'à faire marcher le télégraphe.

« Pour nous, ça s'est passé il y a trois, quatre heures, on m'a déjà donné dix ordres contradictoires. Selon qu'ils viennent de la préfecture où ces messieurs ont la cote d'amour, on me prend pour Dieu le Père et on voudrait que je trouve quelque chose, mais quand il s'agit de me dire quoi, bouche cousue ; il n'y a plus personne. Du côté de la police d'État, ça fait un foin de tous les diables. Ceux-là aussi veulent que je trouve quelque chose, et quand je demande quoi, on me répond : "ce que les autres cherchent." Il n'y a qu'un point sur lequel ils sont tous d'accord : c'est qu'au moindre impair, le ciel nous dégringolera sur la gueule.

« Comme je te connais, je n'ai eu qu'une idée, rappliquer ici au plus vite. Le seul type capable de bouger quand il faut rester immobile, c'est toi. Je t'ai là sous les yeux. Je ne te quitte pas de l'œil. La seule chose que je t'autorise à faire, c'est d'envoyer chercher de la bière. J'ai soif. »

Il resta avec moi jusqu'à l'aube. Il était à peine parti que je galopais vers Marseille. Cette fois, rue Tapis-Vert, je ne surpris personne : M. Pierre et Clarisse m'attendaient. Ils n'avaient plus figure humaine.

« Comment avez-vous pu faire confiance à cet homme ? me dit M. Pierre. Vous auriez bien dû vous douter que nous l'avions choisi parce que la couleur de ses yeux le cachait ! Question de gagner, cela ne faisait pas de doute ! Il m'a appris tout ce que je sais sans m'apprendre tout ce qu'il sait. Mais comment voulez-vous qu'à son âge il vienne ensuite vous apporter bien gentiment tout cet or (qui fait un gros paquet), alors qu'avec lui il peut finir sa vie dans les nuages ? Quand j'ai parlé d'honneur, j'ai cru que vous m'aviez compris. Le nôtre ne vaut pas plus que celui des aristocrates. »

Bref, ils s'étaient habillés du dimanche tous les deux (je m'en aperçus à ce moment-là, et même que Clarisse était très joliment fardée), ils avaient préparé un petit baluchon et ils m'attendaient pour aller en prison. Je leur fis comprendre que la prison n'arrangeait rien, que d'ailleurs ils étaient parfaitement innocents, l'un et l'autre, qu'il n'y avait même pas de coupable, simplement un imbécile.

« Ce que je sais, ajouta M. Pierre, c'est que le "bon vieillard" n'est pas parti sur le courrier de Barcelone... On parle beaucoup de lui dans le quartier et dans les rues derrière la Bourse. C'est un coup qui passe difficilement inaperçu. À part vous, ils sont nombreux ceux qui aimeraient mettre la main sur le magot. Aux dernières nouvelles, et je crois que ce sont les bonnes, enfin je veux dire les plus dignes de foi, il s'est embarqué sur une balancelle à destination de, allez chercher où ? Il a de quoi payer les changements de cap. »

C'est toujours quand l'âne s'est sauvé qu'on ferme la porte de l'écurie ; je fis une enquête rapide mais soignée. M. Pierre ne mentait pas. Oh, d'ailleurs, il y avait le fard de Clarisse, et c'était vraiment celui d'une femme aux abois, qui passe des heures à se maquiller pour ne plus penser à rien. En outre, vers le soir, je fis la causette, dans le petit port du Cap Pinède avec un retraité de la marine qui avait lui-même transporté dans sa barque le « bon vieillard » et son coffre, jusqu'à la balancelle ancrée à une encablure de la jetée. Le coffre était, disait-il, très lourd. Je le savais. Il me resta ensuite pas mal de temps pour regarder la mer vide à perte de vue sous bon frais.

Je vendis une petite pièce de terre que je tenais de famille, du côté de Laragne et je payai mes dettes. Je n'avais jamais placé mon avenir dans ces biens immobiliers et je ne tardai pas à trouver une certaine jubilation dans le fait que le trésor révolutionnaire de nos messieurs était finalement en train d'installer un paradis de Mahomet autour des dernières années d'un « bon vieillard ». C'est le moment que choisit Mlle de B. (prénommée Blandine) pour me tirer deux coups de pistolet à bout portant. Ce qui prouvait la sincérité de ces coups de feu, c'est qu'elle était à pied. Elle sauta un soir devant la tête de mon cheval, armée des deux mains. Elle me manqua de la droite mais elle me toucha à l'épaule et de biais de la gauche. J'eus ainsi l'occasion de faire un peu de comédie romantique (dont je suis fou). Je passai devant elle, au pas, sans la voir, sans remuer la tête (ce que j'aurais fait si les balles avaient été des mouches).

Il fallut mettre un pansement ridicule et laisser flotter la manche de mon dolman. C'est dans cette situation d'invalide à la tête de bois que je rencontrai la petite marquise ou, plus exactement qu'elle me rencontra, car on ne m'enlèvera pas de l'idée qu'elle avait parfaitement bien organisé son affaire.

J'étais donc, un autre soir, dans les parages de Saint-Jean-du-Puy. C'est une lande. Je montais Clara, une alezane de toute beauté, mais d'une beauté plus éloquente pour le cavalier que pour le spectateur, faite d'intelligence et de communion ; une bête rouge que je réservais pour les jours où il me fallait à toute force satisfaire cet enfer qu'un homme digne de ce nom porte toujours en lui-même. Saint-Jean-du-Puy est vaste et découvert ; la lande n'est bordée du côté de l'ouest que par une mince lisière d'yeuses. Je m'amusais. L'épaule était trop bêtement douloureuse (on n'avait sorti la balle qu'en charcutant assez profond) pour négliger les plaisirs enfantins, surtout ceux qui touchent aux ténèbres. J'en étais à cet exercice qui consiste à mélanger le cavalier à sa monture, de telle sorte qu'ils n'existent plus séparément mais composent un monstre : le cavalier pensant cheval pendant que le cheval raisonne comme un homme (ou comme une femme) ; à quoi Clara répondait à merveille. C'est un état qui donne des dimensions divines ! Je fus brusquement rappelé sur terre en voyant une ombre à côté de moi. Je n'avais qu'un bras valide. Je lâchai la bride pour porter la main à mon pistolet, mais j'arrêtai mon mouvement et je laissai un instant Clara se débrouiller toute seule dans les arcanes du centaure : j'avais reconnu la petite marquise ! Elle montait une rosse balourde, d'une telle laideur qu'elle avait dû être cherchée avec un soin exquis. *Ce détail éveilla ma méfiance, mais trop tard : elle était déjà à côté de moi.*

Elle ne m'honora ni d'un regard ni d'une parole ; elle fit sans fioritures ce qu'elle était venue faire : me donner le sentiment de mon incompétence, de ma pauvreté, de ma vanité, et enfin de ma solitude, car, après la démonstration muette d'une élégance et d'une maîtrise de soi à arracher des hourras, elle s'échappa, d'un glissement qui n'avait plus ni bruit ni forme, gagna la lisière d'yeuses et disparut.

Ce bal eut vraiment le chic de me laisser devant le vide parfait.

La Mission

Je n'aime pas les chevaux de poste en général ; passés par trop de mains et d'esprits médiocres, il ne leur reste plus que le sens commun. Or, c'est un sens plus aristo que je demande à un cheval d'ordinaire, et aujourd'hui il me fallait même un peu plus. Eh bien, la carne que m'avait fourguée le maître de poste d'Uzès m'étonna. Je dis bien « fourguée », car le personnage que je jouais ne pouvait pas se permettre d'exiger quoi que ce soit : j'étais un voyageur plus que quelconque sur la route de Florac ; vous ne voyez pas ce genre d'individu discuter cheval (et, en ce qui me concerne, dans ces cas-là, ce que je fais ne s'appelle pas discuter) avec un maquignon patenté, au surplus fonctionnaire. Je m'étais même arrangé pour être blousé dans les grandes largeurs, et que ce soit évident pour tout le monde. J'avais donc accepté sans piper une infâme bourrique, ou, plutôt, ce que tout le monde (moi compris) prenait pour une infâme bourrique.

C'était février et dans les montagnes. Il pleuvait et plus haut c'était de la neige ; il faisait un vent à décorner les bœufs qui me prenait bille en tête. Il me fallait suivre, sans le perdre de vue, un tilbury qui avait un joli trotteur. Nous étions dans les landes désertes entre Uzès et Alès.

Je ne pouvais même pas compter sur le trotteur. Je connais très bien un cheval, surtout quand il est mon « ennemi », si je l'ai sous les yeux pendant, disons au moins vingt-quatre heures (car il y a des malices qui n'affleurent qu'après un certain temps) et je peux prévoir alors son comportement dans tous les cas et surtout dans « certains cas », mais, depuis que j'avais pris la chasse (c'est-à-dire depuis Marseille, ou, plus exactement, le Pas-des-Lanciers) le trotteur avait été changé à chaque relais. Tout ce que je savais, c'est qu'à chaque fois on avait donné au tilbury le meilleur cheval de l'écurie et qu'une sorte de mot d'ordre semblait en avoir fait une règle tout le long de l'itinéraire.

Quand on m'avait embringué dans cette histoire, on s'était bien gardé de me prévenir qu'en face de moi on regorgeait d'or et d'organisation. Je me doutais bien de quelque chose : un préfet, surtout M. de Ramusat, n'offre pas un cigare à trois heures du matin à un simple capitaine de gendarmerie sans qu'il y ait quelque entourloupette à la clef, et je connais assez les conspirateurs de mon coin pour savoir de quoi il retourne, où que ce soit, avec ce genre de personnage. Mais le petit truc du trotteur dévoilait une sorte de complicité générale, je pourrais même dire d'amour ; et l'amour, c'est grave.

Dans le canton de ma demi-brigade qui est sur la route d'Italie et qui confine aux grandes voies maritimes, on conspire beaucoup. Toute la noblesse joue la fleur de lys et le sang ; je la connais comme ma poche et je sais tout sur les tenanciers et clients sur lesquels elle s'appuie. Ils n'ignorent pas grand-chose de moi, non plus. De là un équilibre où je fais ma vie, succulente, en raison même d'un jeu de poker où mon caractère affronte avec plaisir toutes les nouveautés. Je rencontre souvent l'amour, l'amour du bien, je veux dire, mais c'est un amour que j'appellerais « régionaliste ». Ici, il semblait que j'avais à faire avec un amour « national ».

Nous avions déjà parcouru, le tilbury et moi, l'un suivant l'autre, plus de cent cinquante lieues, et les soins dont on entourait le conducteur ne se démentaient pas. Je m'étais bien gardé d'approcher ma proie. J'étais sûr de n'avoir pas été dépisté ; et quand j'ai cette certitude on peut compter qu'elle est vraie. Ma chasse était parfaite. Je n'avais même pas cherché à voir qui était dans le tilbury. Tout ce que je savais, c'est qu'à un moment donné (que je choisirais soigneusement et qui ne devait plus être très loin) j'avais mission de le tuer.

Le voir avant, à quoi bon ? C'était risquer de me faire remarquer. J'arrivais toujours aux relais long-temps après lui et venant de chemins de traverse. J'avais assez de tours dans mon sac pour savoir que je le rattrapais régulièrement après quelques heures de malices. Je ne le connaissais un peu que par sa façon de conduire : à la papa, sans peur et sans reproche, ne demandant à son trotteur que ce qui était dans ses cordes, indices d'un caractère juste et réfléchi.

Il était donc un peu plus de trois heures de l'après-midi, par tramontane naissante. La pluie redoublait. L'ouest, qui nous faisait face, s'était déchiré sur un petit liséré de ciel vert, ce qui, en cette saison et dans ces parages, indique un changement de temps par le nord. Et le nord, en février, dans ces déserts, sous les Cévennes, ce n'est généralement pas du gâteau.

Ce vert acide qui promettait de la glace me fit penser à M. de Ramusat. Non pas qu'il ait quoi que ce soit de tonique et d'exaltant, comme ce déchirement de l'ouest (où le couchant n'allait pas tarder à s'insinuer). Il n'est déjà pas beau quand il est pomponné : il était franchement laid à trois heures du matin, dans les appartements intimes de la préfecture qui ne sentaient pas la rose, bien qu'à proximité du boudoir de Mme la préfète (donc du lit conjugal — si les préfets et les préfètes se conjuguent), ou précisément parce qu'à proximité de ce boudoir, par la porte entrou-verte duquel on voyait fort bien les pots de chambre. Le cigare qu'il m'offrit était le bien-venu. Il devait le savoir d'ailleurs. Mais le secret exigeait ces trois heures du matin, cette douillette douteuse, ces effluves de nécessités, enfin, ce qu'il croyait être un côté de pair à compagnon, sans se douter, le pauvre, que je couche dans une cellule glaciale, propre comme un sou, sans pampilles mais pleine de grand air et que, pour moi, trois heures du matin est une heure parfaitement ouvrable, c'est-à-dire consacrée au travail.

Je remis les choses au point.

« Tuer, d'accord : si j'ai des raisons. Je ne dis pas si j'ai des ordres. »

Ce distinguo lui fit perdre son favori gauche tellement il avala précipitamment sa salive (et sa langue).

« Vous aurez affaire à un monstre, dit-il.

— Ce ne sera pas la première fois. Je ne vous cache pas qu'ils m'ont été souvent sympathiques. Celui-ci est de quel genre ?

(J'avais à lui faire payer sa familiarité déplacée, nous n'avions pas gardé les cochons ensemble. Un préfet n'est jamais le Pérou.)

— Politique », dit-il (avec une certaine emphase).

Mais j'étais décidé à aplatir sa baudruche :

« Ce qui tient du prodige, à votre avis ? »

Il alla fermer la porte du cabinet de toilette et il essaya de me persuader que la politique était parfois faite par autre chose que par des monstres. Il s'essouffla vite. Je conclus :

« Je ne vous cacherai pas mon défaut, monsieur le préfet. Je fais toujours tout de tout mon cœur. »

Il pouvait le prendre comme il voulait. Il le prit dans le sens qui l'arrangeait. Il n'avait que moi sous la main. On ne demande pas ce qu'il venait de me demander à n'importe qui, surtout quand on dépend d'un ministre de l'Intérieur.

Nous étions maintenant au grand large des gar-
rigues. Sous la lueur venant de l'ouest qui virait au
rouge crépusculaire, la pluie, emportée par le
vent, effaçait parfois la silhouette du tilbury, à un
quart de lieue devant moi. J'aurais pu me croire
loin des exigences de la politique si certains gémis-
sements des espaces, certains rougeoiements de
fin du jour n'avaient pas porté à la mélancolie.

Je ne pouvais pas trouver désert plus propice à
mes desseins. Je me mis en mesure de rejoindre le
tilbury, ce qui me fut d'autant plus facile qu'il prit
le pas quand je pris le galop. J'arrivais à sa hauteur
quand je vis soudain dépasser de sa capote le zéro
tout rond d'un gros pistolet et que le coup
m'éclata en pleine figure. J'avais dû, pendant la
fraction de seconde qui précéda la détonation,
oublier que j'étais sur un canasson en bois et donner instinctivement des genoux l'ordre que je
donne en pareil cas à mon cheval ; il me fallut une
autre fraction de seconde pour comprendre que la
soi-disant carne m'emportait, de façon magistrale,
dans une volte qu'en équitation espagnole on
appelle « la ressource » et que la charge du pistolet,
passant à ma gauche, ne m'effleurait même pas. Ce
carrousel inattendu m'avait placé en travers de la
route ; je saisis le trotteur par la bride, arrêtant net
toute tentative de fuite. Maintenant que j'y pense,
je n'avais même pas l'arme au poing. Au contraire,
je me souviens d'avoir flatté l'encolure, ça oui, et
d'avoir dit : « Bravo, Biquet : la manœuvre en valait
la peine. Le monstre politique ? (Mais ce coup de
pistolet ne sentait pas le monstre, surtout poli-

tique). Je ne fus pas trop surpris de voir, à la place
du monstre, deux enfants terrifiés.

Une jeune fille (je l'avais prise au premier coup
d'œil pour une enfant) blanche comme de la
neige, aux cheveux de cendre, aux larges yeux
écarquillés, et un garçon que je ne vis pas bien
tout d'abord, car il fallait aller immédiatement au
plus pressé.

« Je sais que ces pistolets vont toujours par
deux. Donnez-moi le second, mademoiselle. »

Malgré sa peur (qui se voyait bien et contre
laquelle elle luttait victorieusement avec une blan-
cheur totale très surprenante) elle rectifia :
« Madame. » Mais elle me donna le second pistolet.

Le garçon ne semblait pas avoir l'initiative. Ce
fut cependant à lui que je m'adressai.

« Que signifie cette attaque, monsieur ? »

Étant donné ma soi-disant mission, c'était une
phrase idiote. Mais j'étais occupé de plusieurs
choses à la fois : d'abord du splendide tour de
cartes que venait de réussir un cheval que j'avais
mésestimé (je sentais encore entre les genoux les
mouvements de son intelligence), la beauté de la
jeune femme m'intriguait, enfin, je commençais à
croire que mes deux acolytes et moi-même étions
victimes d'un coup fourré.

Tout compte fait, ma phrase n'était pas si bête
que ça : j'entendis le jeune homme me répondre
d'une voix douce :

« Vous êtes chargé de nous tuer, monsieur ;
nous avons simplement pris les devants. »

Il était du plus grand sang-froid. Il me plaisait, ce jeune homme ; il venait d'énoncer calmement que j'allais les tuer et il respirait de façon normale ; il avait posé sa main gauche sur les mains de la jeune dame et il laissait sa droite bien visible sur le tablier de cuir. Il était beau, lui aussi d'ailleurs, dans le genre granit. (Pas si sûr que ça qu'il soit en granit ; il pouvait être en plomb.)

Je réfléchissais à toute vitesse.

« Reprenez votre casse-noisette, madame. »

Je lui tendis le pistolet, crosse en avant. C'était une arme italienne, lourde comme il se doit parce que de gros calibre, mais faite pour être aussi belle dans une main de femme que dans une main d'homme.

J'ai lâché la bride du trotteur. Je livre passage. C'est le moment délicat : je vais les libérer. Je me ravise ou plutôt j'ai l'air de me raviser et j'ajoute (c'est l'essentiel et il faut le dire avec une certaine vulgarité) :

« Je m'arrête à Alès ; pas au relais, c'est trop fréquenté. Je vais dans un boui-boui qui s'appelle la maison Pical, c'est la dernière sur la route de Florac. Vers neuf heures, venez dîner avec moi, si vous n'avez pas peur. On pourrait parler : c'est utile. »

Après ça, je pouvais leur tourner le dos. Ils n'avaient pas l'air d'avoir peur. Il pleuvait de plus en plus fort. Cette petite halte balnéaire m'avait trempé jusqu'aux os. Je pris le trot allongé, sans plus me soucier d'eux.

D'après ce que je voyais (mais on voit mal avec la bise des Cévennes sur le nez), je me croyais à deux lieues d'Alès. J'en étais à quatre. Il fallut d'ailleurs patauger à plusieurs reprises dans le Gardon qui débordait de tous les côtés. Sollicité (et parfois simplement par les circonstances), Biquet me donna des preuves supplémentaires de son savoir-faire. C'était, de toute évidence, un cheval qui n'avait rien à gagner dans la bourgeoisie. Les chevaux de l'intendance ont tous des noms d'empereurs ; celui-là, je venais de le baptiser Biquet. Il n'était pas de l'intendance, il était de la famille. Ça change tout. Et il y entrait, non pas parce qu'il m'avait sauvé la vie, mais parce qu'il avait été capable de le faire avec élégance. Cette famille que je me compose ainsi à la fortune du pot sert à me hausser le col. Il fallait maintenant être digne de Biquet. Il avait réussi son coup, je n'étais pas sûr de réussir le mien.

Je connaissais la maison Pical pour l'avoir fréquentée à l'époque où le Gévaudan était mis à sac par la bande à Tricon dite des Pelauds. J'avais patrouillé dans les montagnes jusqu'à la fameuse bataille de Saint-Julien-des-Points, à l'issue de laquelle les quatre Pelauds (les chefs) avaient été fusillés, attachés à des échelles. La maison Pical n'était pas très catholique, loin de là. On pouvait à l'époque y trouver tout ce qu'on voulait sauf un brave homme. J'espérais qu'elle avait gardé ces bons principes.

Vu à la nuit tombée (encore rouge vers l'ouest) et avec accompagnement des trompettes que le vent sonnait dans les ruelles de la vieille ville, le refuge que j'avais choisi avait bien l'allure du coupe-gorge classique. Il faut dire que les apparences ne tiennent jamais ce qu'elles promettent. Le garçon d'écurie avait cependant la gueule qui convenait. C'était un rustaud trapu qui boitait bas sans rien perdre de son côté sanglier. Il puait l'oignon cru.

« On va soigner ce canasson comme s'il était en or. Avoine à gogo, et passe un peu de temps autour de ses jambes avec un morceau de sac propre. Trouve-moi une couverture pour qu'il ait chaud.

— C'est un cheval de poste », dit-il.

Je pris la lanterne qu'il tenait à la main et je la lui haussai dans la figure.

« Ce n'est plus un cheval de poste.

— Ah ! bon. »

Il n'était pas contrariant. Enfin, il n'était pas contrariant sous le feu d'une lanterne.

Le père Pical avait dû mourir, ou peut-être était-il derrière la boutique en train de siroter un vieux gâtisme. C'était maintenant son fils qui trônait (si on peut dire) dans une lumière de quinquets. Un gros bonhomme de cent vingt kilos, peut-être plus, mou et blanc, mais attention aux yeux. J'avais déjà eu affaire à lui quand il ne pesait que cent kilos ou plus exactement il avait eu affaire à moi. Il ne fut pas fou de joie de me voir. Il me reconnut tout de suite malgré mon costume civil et il comprit tout de suite aussi que j'étais « sur quelque chose de drôle ». Je le mis à l'aise d'entrée.

« Cent francs, ça t'intéresse ?

— Contre quoi ? (Mais il avait louché.)

— Ta grande chambre du premier. Le lit réglo, comme si tu étais à la prison de Nîmes. Du feu dans la cheminée, et quand je dis du feu, du feu. Une table, ta plus belle nappe et deux couverts, très propres. Tu as toujours ces jolies fourchettes d'argent qui viennent du château de Séverac ? C'est de l'histoire ancienne, d'accord ; oublions le passé, je veux bien, mais aboule tes couverts d'argent, j'ai besoin d'en mettre plein la vue ce soir. Tes verres pompons, rincés, hein ! Et passés à la serviette sèche. Si tu avais une fleur, mais ce serait peut-être trop te demander ? Oui ? Alors, la fleur, non pas dans un vase : tu n'as pas de vase ; dans un verre. Ordinaire celui-là. Qu'est-ce que c'est, cette fleur ? Tu demanderas ? Bon, je te fais confiance. Cuisine, qu'est-ce que tu as ?

— Ça dépend pour quelle gueule ?

— Une grande.

— Marcassin, en daube, avec des couennes.

— Très bien, et peut-être...

— Un coq ?

— Non. Pas de basse-cour.

— Après la daube, je m'y serais pas risqué. Je suis pas un sauvage. De montagne, le coq.

— Attention, je suis toujours gendarme. Le coq noir, c'est noble. La chasse est fermée.

— Oui, mais, cent francs, c'est un autre monde. Du vin ?

« — Tu parles, et rouge. Qu'est-ce que tu as ?

— Le mien.

— Ça ne me dit rien.

— Ça vous dira. Surtout si la gueule que vous annoncez est vraiment grande.

— Ah ! j'oubliais, ta lampe à pied, la belle bleue, sur la table, au milieu. Enfin pas tout à fait au milieu, un peu plus près de l'assiette de l'autre.

— C'est à ce point-là ?

— C'est pire. »

Le feu fut allumé. Il mérita tout de suite le nom de feu. On dit que les amoureux y sont experts ; les coquins ne le leur cèdent en rien. Celui qui s'occupait du brasier était un pignouf lugubre à qui je n'aurais pas confié un loup adulte. Pical lui avait fait mettre un tablier de femme avec bavolet et, chose curieuse, cette fanfreluche sur ce gros corps mal équarri ne prêtait pas à rire, au contraire. Le tablier semblait indiquer que le pignouf allait nous servir à table. Ça m'arrangeait.

Après avoir changé de linge et pendant que je faisais sécher mon manteau, je fis un brin de causette avec le gars. Il tournicotait d'ailleurs dans la pièce comme s'il languissait d'avoir son mot à dire. J'avais le temps. Il était à peine le quart d'après huit heures. Félicitations pour la table d'abord : elle est très bien mise. Non, sans blague. Pical a sorti des trucs extraordinaires. Je ne lui connaissais pas ces verres de cristal, ni cette porcelaine qui a l'air d'être du... oh ! mais, c'est du Marseille de collection. Ne t'inquiète pas : je ne suis pas venu pour chercher des poux sur une tête de marbre. S'il a du Marseille de collection, c'est qu'il a trouvé un endroit où il y avait du Marseille de collection. Et ça ne me regarde pas. Enfin, pour l'instant. Et les instants peuvent durer longtemps. Ce que j'aimerais savoir, c'est l'état de la route de Florac à partir d'ici. Dans la plaine il pleut, mais dans les montagnes ?

Pour les montagnes, le pignouf était au courant ; tout au moins, il avait l'intention (ou les ordres) de me donner quelques renseignements. À partir de la Grand-Combe, la route était sous la neige : dix centimètres environ. Une voiture lourde, bien attelée en percherons, pouvait encore aller au pas jusqu'à deux lieues de là, vers Sainte-Cécile. À partir de Sainte-Cécile, un cavalier connaissant bien son cheval et le pays était capable de faire encore une lieue et demie vers le col de Jalcreste. Atteindre le col n'était pas à la portée de toutes les bourses. Un type décidé, et en même temps poussé par la nécessité, pouvait arriver à Jalcreste. Ça dépendait de son culot ou du feu qu'il avait au cul ; ou alors de sa chance. Mais, une fois au col, descendre du côté de Florac, il n'y fallait pas compter. À moins que...

Tout ce qu'il venait de dire était sans grand intérêt (c'est pourquoi il me l'avait dit), sauf l'« à moins que... ». C'est également pourquoi il avait été chargé de me le dire, car il n'avait pas figure à se servir de l'« à moins que » de son propre chef, avec tant d'à-propos. À moins que mon invité ne

soit d'une taille au-dessus de celle que j'attendais.
Je fis, pendant une minute, très attention à ce
visage de pignouf. Il resta visage de pignouf.
J'avais peut-être affaire à plus forte partie que je
n'avais imaginé. De toute façon, il était trop tard
pour reculer. Je me risquai :

« À moins que quoi ?

— Vous connaissez La Roche ?

— Non.

— Saint-André ?

— Non.

— Fontmort ?

— Non plus. Je ne suis jamais monté plus haut
que Saint-Julien-des-Points.

— Ça a été une belle bataille. La Roche, Saint-
André, Fontmort, c'est pas du tout pareil. Je veux
dire, c'est pas du tout dans la même direction.
Enfin, je veux dire, c'est plus haut.

— C'était bien ce que j'imaginais. »

Ma réponse eut l'air de le satisfaire. Comme il
ne me paraissait être qu'un subalterne (à moins
d'erreur de ma part, ce qui aurait été grave), cette
satisfaction ne pouvait lui venir que du sentiment
de voir sa tâche simplifiée par ma réponse (qui,
par conséquent, avait dû être prévue et pour
laquelle il avait des phrases toutes prêtes).

« Il y a de braves gens dans ces endroits-là, dit-il.
Parfois ils vous aident, si vous avez une tête qui
leur revient. »

Il eut l'air de réfléchir puis il ajouta :

« Mais il faut avoir très envie de passer. »

Je me hâtai de répliquer que ce n'était pas mon cas. J'étais bien, de ce côté-ci des montagnes, je n'avais rien à faire de l'autre côté, mais j'aimais beaucoup les braves gens et j'aurais été ravi d'en rencontrer un, avant de repartir pour Marseille.

Là-dessus, pour lui permettre de faire son travail, je lui fis remarquer que Pical m'avait promis une fleur et que je ne la voyais pas. Il sortit pour aller la chercher. Je pus juger de la minutie de la préparation de mon adversaire par le peu de temps qu'il fallut au pignouf pour revenir. Juste le temps d'aller chercher la fleur demandée. Je m'expliquai pourquoi Pical n'avait pas pu lui donner de nom : elle était en papier.

Oui, tout était bien organisé, tout était prêt, mais mon invité n'entra qu'à l'heure fixée. Ce n'était pas le beau jeune homme du tilbury ni bien entendu la jeune femme (on s'est déjà rendu compte que je ne les attendais pas), mais un solide vieillard, droit comme un if et aussi funèbre. Funèbre, mais non pas triste ; on sait que les têtes de morts rient : il riait de la même façon.

Il fit deux pas rapides jusqu'à la table ; sans me lever de mon fauteuil, je l'arrêtai d'un geste.

« Avant tout, lui dis-je, regardez à ma gauche. Vous pouvez le faire sans me perdre de l'œil. Vous voyez à dix pas de moi mes fontes et mes pistolets. C'est vous dire que je n'ai pas l'intention de m'en servir.

— Je vois que vous avez également pris soin, dit-il, de m'attendre en bras de chemise, c'est parfait.

Restent les poches de votre culotte : on peut très bien y dissimuler des armes.

— Pour celles-là, il faudra vous contenter de ma parole d'honneur.

— Je me contenterai donc de votre parole d'honneur. »

Il tira l'autre fauteuil à lui et il s'y installa avec beaucoup d'aisance.

« Comment saviez-vous que j'étais ici ?

— Je ne savais pas que vous étiez ici (j'appuyais sur le *vous*). Je savais que quelqu'un devait se trouver au pied des montagnes. Il suffisait de voir le temps pour comprendre que le tilbury ne pouvait pas aller loin dans les gorges qui montent vers Jalcreste. Je connais un peu la région.

— Pical me l'a dit. Vous avez participé à ce qu'on appelle la bataille de Saint-Julien-des-Points. Ce n'est peut-être pas très malin de votre part de vous livrer ainsi désarmé dans une maison qui se souvient, qui ne redoute pas les cris... et d'ailleurs, il n'y en aurait pas.

— On m'a dit que La Roche, Saint-André et Font-mort étaient beaucoup plus haut que Saint-Julien-des-Points.

— Oui, en effet, beaucoup plus haut dans la montagne.

— Et peut-être aussi en esprit. »

Il pesa les termes.

« J'aime assez votre réponse », dit-il enfin.

Il joua du bout des doigts avec ses couverts en argent. Il en regarda le blason. Il caressa son assiette, la retourna pour voir la marque. Il déplaça le pot qui contenait la fleur de papier et il poussa la lampe de mon côté, un peu plus loin que le milieu de la table.

« Vous n'avez, certes, cette fois, pas affaire à des Pelauds », ajouta-t-il.

Je me bornai à répliquer que j'avais beaucoup aimé les deux jeunes gens du tilbury et qu'ils avaient en effet un air aristocratique.

« Ma fille et mon gendre, dit-il.

— Elle est très forte au pistolet.

— Elle a cependant bien perdu la main depuis son mariage, dit-il en me regardant en face.

— Je ne suis resté vivant que grâce à mon cheval.

— Vous avez toujours eu de très bons chevaux dans la gendarmerie, dit-il avec indifférence.

— Celui-ci était un cheval de poste. »

Il manifesta sa surprise.

« De poste ! (il sembla se parler à lui-même.) Les chevaux n'ont pas de mémoire. »

Il était assis de biais devant son couvert et il continuait à tripoter la fourchette et le couteau d'argent. Enfin, il prit sa résolution.

« Je vous ai fait dire, tout à l'heure, certaines choses que je voulais que vous sachiez. Quand Pical m'a prévenu que vous aviez participé à la déconfiture des Pelauds, j'ai pensé, avant de me rendre à l'invitation que vous m'aviez fait transmettre par mes enfants... c'est bien moi que vous aviez invité ? »

J'opinai.

« ... j'ai donc pensé vous faire exposer mon point de vue de la question. D'après ce que vous m'avez dit sur les hauteurs comparées de Saint-Julien-des-Points et de la Roche, Saint-André et Fontmort, je suppute que mon porte-parole a dû être éloquent.

— Bref, mais éloquent.

— C'est un ancien Pelaud. Après la fameuse bataille de Saint-Julien, j'ai pris à mon service un certain nombre de survivants : ceux précisément comme lui qui se sont rendu compte des hauteurs dans lesquelles nous allions désormais opérer. J'en ai vingt chez moi à Fontmort, mon gendre en a une trentaine à Saint-André et une sorte de... caporal en garde quinze à La Roche. Vous voyez que nous ne comptons pas trop sur la neige pour interdire le col de Jalcreste. De ces trois points, nous sommes les maîtres absolus de la route. On ne passe que si nous voulons, mais nous voulons toujours. Vous vous demandez alors pourquoi... Nous voulons toujours, sauf quand nous ne voulons plus. C'est le cas aujourd'hui ; mais ça arrive une fois tous les... C'est la première fois en fait depuis que j'ai mes garnisons.

— Vous avez éclairé ma lanterne, je vais éclairer la vôtre, dis-je avec un empressement bien imité.

— Ne nous aveuglons pas mutuellement, dit-il en levant sa main. Si je vous ai bien compris, nous avons un repas à prendre en commun. Un peu de pénombre est bien confortable.

— Nous en aurons. Je sais depuis longtemps que Jalcreste est un point très important de votre stratégie routière.

— Vous le savez depuis quand ?

— Depuis que votre gendre a boutonné la contre-poche de sa redingote sur un petit portefeuille bleu. »

Il s'immobilisa. On entendit craquer le feu. Enfin, il sembla se détendre, manifestement pour jouer un coup difficile.

« Il me semble que nous venons de dépasser les bornes d'une entrevue purement gastronomique », dit-il d'une voix sans timbre.

Je refusai de le suivre sur ce terrain. Je sais, moi aussi, parler d'une voix sans timbre quand il le faut ; il ne le fallait pas.

« Nous sommes aujourd'hui jeudi, dis-je d'une voix "avec timbre". Dimanche soir, M. de Ramusat m'a fait venir dans son antichambre. Elle sent mauvais, et ce n'est pas le cigare qu'il m'a offert qui a pu en masquer l'odeur. Rentré dans mes quartiers lundi matin à l'aube, je me suis payé le luxe de faire ma petite enquête. Je n'ai pas de garnisons de Pelauds à ma disposition, mais quelques bergers et une dizaine de paysans des collines ont le sentiment que je suis un brave homme. Ils ont des yeux pour voir et des oreilles pour entendre. C'est ainsi que lundi à midi j'ai connu l'existence du petit portefeuille bleu. Il ne me restait plus qu'à connaître la route qu'il prenait. Quand j'ai vu après Nîmes qu'il piquait droit sur les montagnes, malgré le vent qui parlait de neige, j'ai compris deux choses : d'abord que vous existiez ; ensuite, que le conducteur du tilbury n'existait pas. N'existait pas en tant que véritable porteur des papiers secrets. Il n'était chargé que de les transmettre à l'homme qui tenait Jalcreste.

— Pourquoi Jalcreste ?

— Vous voulez vraiment me faire parler pour ne rien dire, alors qu'il reste à dire l'essentiel ? Pourquoi Jalcreste ? Parce que la route d'Alès à Florac est la seule qui fasse communiquer directement la Méditerranée, où vous avez tous vos amis, et où tous vos amis ont leurs forces, avec la Vendée où vous avez, disons, du champ libre pour lâcher la bride à vos espoirs. Sur cette route, Jalcreste est le verrou que vous pouvez ouvrir ou fermer. On ne met pas n'importe qui à ce poste. Celui qui n'est pas n'importe qui n'a pas de temps à perdre en tilbury sur des itinéraires aussi communs que celui reliant Marseille à Alès où n'importe qui peut se balader. »

Il n'aimait manifestement pas ma désinvolture. La moutarde était en train de lui monter au nez. Les grands seigneurs restent toujours des seigneurs ; et je n'avais pas besoin d'une démonstration de sang bleu. On peut descendre des Croisades et s'occuper de jeux enfantins. J'édulcorai sa moutarde.

« Avant d'aller plus loin où, je vous le répète, se trouve l'essentiel, un mot. Je vous ai invité, sachant qui vous étiez, je veux dire sachant parfaitement que celui de Jalcreste pouvait être dangereux, ou méchant, ou terrible, à votre gré. Je ne suis pas moi-même manchot. Le fait que je suis là, le cul sur ma chaise, en face de vous, le prouve abondamment. Vous avez à votre disposition, pensez-vous, cette auberge isolée, vos hommes et probablement Pical, mais réfléchissez que c'est moi qui ai choisi cet endroit pour vous y donner rendez-vous. Ce qui laisse supposer quelques atouts dans la manche, si je me fais bien comprendre.

— À merveille », dit-il.

Il décroisa ses jambes.

« Alors, dis-je, montrons-les, ces atouts. Votre petit portefeuille bleu ne m'intéresse pas. S'il m'avait intéressé, il serait depuis longtemps, et tout au moins depuis cet après-midi, dans ma poche. Et vous le savez, votre fille a dû vous le dire. Par contre, ce qui m'intéresse, c'est de connaître le fin mot de ce coup fourré dans lequel nous avons failli perdre la vie, vos deux enfants et moi-même. J'étais renseigné sur eux, vaguement, ils étaient renseignés sur moi, vaguement ; assez toutefois pour que nous soyons préparés à nous fusiller mutuellement, sans profit pour personne, sauf pour M. de Ramusat.

— Quel profit ?

— Je tuais ou l'on me tuait. Dans le premier cas, un rapport où il faisait état de sa vigilance exceptionnelle ; dans le second, un rapport où il faisait état du meurtre d'un officier en mission pour réclamer des pouvoirs spéciaux dont il doit avoir l'usage, vous devez le savoir mieux que moi.

— On a toujours l'usage de pouvoirs spéciaux quand on n'a plus l'usage des pouvoirs de la jeunesse », dit-il.

J'eus plaisir à entendre une phrase aussi longue. Nous n'étions pas loin de nous entendre.

« Ce que vous devez savoir mieux que moi également, ajoutai-je, c'est le nom, ou les noms de celui ou de ceux qui jouent le double jeu et qui ont trempé dans cette coquinerie. Je ne vous les demande pas. Je vous les signale, simplement. Et si je vous les signale, c'est que je vous fais un pari : celui qu'il n'y a rien dans le portefeuille bleu, ou des papiers sans importance qu'on aurait pu envoyer par la poste. Si j'ai gagné, vous me ferez un cadeau ; celui qui vous viendra à l'esprit. »

Il resta un moment silencieux, puis il poussa un soupir et il s'installa face à son couvert.

« Faites servir », dit-il.

Je rentrai chez moi, le temps de faire le voyage de retour. J'arrivai un soir à mon cantonnement de Saint-Pons, sans être passé par Marseille et sans même y avoir donné de mes nouvelles. La sentinelle, peu habituée à me voir en civil, me demanda le mot de passe, ce qui me mit d'excellente humeur. Mes hommes s'assemblèrent autour du cheval que j'avais acheté au maître de poste d'Uzès. De l'avis général, il ne payait pas de mine. J'ordonnai de le mettre au pré et de l'y laisser libre.

Le lendemain, j'eus de la visite. La berline de la préfecture entra dans la cour du quartier et M. de Ramusat en descendit. Je me mis ostensiblement à la fenêtre et je criai au planton de dire que je n'étais pas là. Le planton et M. de Ramusat en furent interloqués tous les deux : j'avais crié comme un taureau et j'étais bien visible dans l'encadrement de la fenêtre. M. de Ramusat fut le premier à se reprendre, il fit demi-tour, remonta dans sa berline et tourna bride. Le planton resta la bouche ouverte un bon quart d'heure.

J'attendais mon cadeau. Je le trouvai devant la porte le surlendemain. C'était le cadavre d'un nommé Corenson, en uniforme de concierge de la préfecture. Il avait été poignardé. Deux de mes hommes furent chargés de le ramener dans ses pénates, en cacolet, c'est ce que j'avais trouvé de plus infamant, accompagné d'un rapport où j'exprimais mon étonnement ; je soulignais l'insolite de la présence de ce concierge en uniforme, trouvé en pleine campagne à six lieues de l'immeuble (au surplus officiel) dont il était chargé de manier les portes. Je faisais également remarquer (comme incongruité supplémentaire) qu'il était mort. J'attendis l'ordre d'enquêter, il ne vint pas.

Celui de Jalcreste n'était pas homme à se contenter d'un concierge (même en uniforme). Pour tout dire, moi non plus. Dans la semaine qui suivit, j'eus de quoi jubiler. Il y avait bien longtemps que je soupçonnais un notaire de Rians. À maintes reprises, je l'avais deviné en train de grenouiller à la lisière de certains attentats contre des voitures publiques ; trop à carreau pour qu'on puisse lui mettre la main au collet, trop goguenard pour qu'il soit blanc comme neige. Bien en cour et pas

mal au jardin, le type parfait de celui qui a toujours l'atout des deux couleurs dans sa manche.
Un briquetier de Salernes qui rentrait au petit
matin buta contre notre tabellion, raide mort au
beau milieu du carrefour d'Ampus, dans les solitudes d'Aups. Poignardé, et de toute évidence
non dévalisé ; il avait encore sa chevalière d'or,
son gros oignon qui valait bien vingt-cinq louis et,
dans sa sacoche, plus de quatre mille francs en
écus. Je fus très touché de cette mise en scène.
C'était le mardi. Le mercredi, Germain, dit
Jasmin, cocher du marquis de Théus et, d'après
mes petits papiers, maître d'œuvre dans une sorte
de police occulte qui ne sentait pas bon, fut
découvert pendu à la branche maîtresse d'un
chêne, à la sortie de Barjols. Il avait, fit-on circuler,
des peines de cœur. C'était un abominable sanglier. Là aussi, j'appréciai à sa juste valeur l'élégance du procédé. Le jeudi, jour creux. Mais le
vendredi, jour maigre, je pus me mettre sous la
dent un cabaretier de Saint-Julien égorgé à la
suite d'une rixe entre gens qui n'existaient pas,
un vigneron de Pourrières que je n'avais et que je
n'aurais jamais soupçonné, arrangé au tranchet
de cordonnier sur la route de Rousset (on lui avait
imprimé dans la paume de la main droite un
tampon de passeport, faux mais bien imité) et
M. Paul, un colporteur de Saint-Maximin que je
rencontrais quelquefois, bonjour-bonsoir, à l'auberge du cru et qui « en était » comme le nez au
milieu de la figure, à tel point que je l'avais jusque-
là laissé tranquille pour la beauté du spécimen.

Les gens qui s'occupaient du nettoyage n'avaient pas envie de faire le détail. Le samedi, à Aix même, le sacristain de Saint-Jean-de-Malte passa l'arme à gauche en plein office de matines, devant six vieilles dévotes épouvantées qui donnèrent six descriptions contradictoires de son agresseur. Ce sacristain était également dans mes papiers, mais intouchable, à cause de certains services qu'il rendait aussi à l'archevêché.

Le lundi, j'eus une petite conversation amicale avec mon colonel. Achille ignorait mon escapade cévenole. Il venait, comme cela lui arrivait quelquefois quand il se faisait chanter pouilles par sa femme et ses filles, fumer avec moi le petit cigare du crépuscule. Il m'apprit que M. de Ramusat avait quitté la préfecture et allait être remplacé, disaiton, par un certain Desnoyers Émile, de Paris. Il y eut encore deux ou trois exécutions, puis tout rentra dans le calme. Je m'endormis du sommeil du juste.

La Belle Hôtesse

Achille attira mon attention sur un paragraphe du procès-verbal d'interrogation de Jean-Pierre Pons dit Turriers.

Demande : « N'avez-vous pas connaissance de l'assassinat commis sur un individu ayant habit bleu de chasseur d'infanterie légère trouvé mort sur les sept heures du matin du 8 mai de l'an dernier, aux environs du Jas du Cros, terroir d'Ollières ? »

Réponse : « Pardonnez-moi, monsieur le juge, cet homme qui fut assassiné s'appelait Baron, de la commune de Ginasservis. Il faisait partie des bandes de brigands avec qui il y eut dispute, et ils le tuèrent sur le soir, au coucher du soleil. Ses camarades, auteurs de l'assassinat, étaient au nombre de six, savoir : Guillaume et Raimond Bourcasse frères, Jean Auzet de Rians, Revest dit Sourbier de Tourves, Étienne Imbert dit Laget de Pourrières et Félix Barthélémy de La Valette. À propos de ce Baron, ajoute le déclarant, je me rappelle que la femme dudit Baron a fait les quatre cents coups avec les bandes de brigands. On l'appelait la Belle

Hôtesse. Non seulement elle les servait de tous ses moyens en recelant les objets volés dans son auberge de Ginasservis, et elle en vendait à des voyageurs de passage, mais encore en se déguisant en homme et en s'armant d'un fusil comme nous, se mettant à la tête des expéditions ; entre autres il y aura à peu près trois ans, dans le courant de septembre de la présente année qu'elle alla à un marché de Saint-Maximin, espionner le moment auquel les négociants de la commune de Vinon partiraient pour s'en retourner chez eux. Après s'en être assurée, elle vint tout de suite nous en prévenir, et aussitôt nous nous rendîmes au quartier de la Bastidasse, terroir de Seillons, sur la grand-route de Saint-Maximin à Ginasservis, pour arrêter lesdits voyageurs qui étaient au nombre de neuf ou dix, ce que nous exécutâmes. Cette femme, épouse de Baron, se déguisa ce jour-là en homme dans la bastide de Beauvilard, terroir d'Ollières, dont le fermier s'appelle Maître Martin, et s'étant armée d'un fusil, elle vint avec nous arrêter et dévaliser ces voyageurs. Après quoi, elle retourna à ladite bastide de Beauvilard reprendre ses habits de femme. Je me rappelle qu'elle avait, ajoute le déclarant, un pantalon à la hussarde bordé tout le long en dehors des cuisses d'un drap rouge, qu'elle avait un gilet blanc, une carmagnole de nankin rayé de bleu et blanc, un mouchoir de couleur jaune au cou, et un chapeau d'homme, rond, avec un galon d'argent, terminé par des pompons aussi d'argent. D'ailleurs, si on a tué Baron, c'est par jalousie, et peut-être sur l'ordre de sa femme, car elle était galante, et les assassins dont j'ai cité les noms étaient parmi ses amis attitrés. »

L'uniforme de Baron était celui d'un sergent de chasseur d'infanterie légère, trouvé égorgé dans les bois de Cadarache un an auparavant.

« Tu ne vois que le sergent ? me demanda Achille. Et la femme, ça ne te dit rien ? »

Que pouvait-elle me dire ?

« L'interrogatoire de ce Pons dit Turriers date de six mois, poursuivit Achille. À ce jour, malgré cette dénonciation formelle, la Belle Hôtesse n'a pas été inquiétée. Toujours en liberté, elle continue à tenir son auberge. On ne l'a même pas interrogée. En tout cas, pas trace dans le dossier. J'ai fait ma petite enquête, cette femme n'est pas galante que pour les brigands, et quand je me suis approché d'un certain point, j'ai reçu sur les doigts, et celui qui tenait la baguette m'a fait comprendre — sans se montrer — qu'il pouvait frapper fort.

— Tu as le chic, lui dis-je, pour me fourrer dans des affaires impossibles.

— Je ne t'ai rien commandé, remarque, dit Achille, et je ne t'ai même rien demandé. C'est toi qui prends feu parce que cet uniforme est celui d'un pauvre bougre qui n'avait peut-être que trois écus et s'est fait tuer au clair de lune, dans un bois solitaire. Peut-être réservait-il, en effet, ces trois écus pour sa vieille mère...

— N'appuie pas sur la chanterelle, veux-tu, ou je te demande un ordre écrit et signé de ta main. Bon. Alors, qu'est-ce que tu veux que je fasse ?

— Si je pouvais m'habiller en civil, dit Achille, je te fous mon billet que je ne te demanderais rien. J'irais moi-même passer un jour ou deux dans cette auberge. Et, en plus, ça ne doit pas être désagréable : la femme est jolie. »

Moi, je pouvais me mettre en civil : à Saint-Pons c'est facile, Saint-Pons est dans les champs, et ma petite demi-brigade n'attire le regard de personne (enfin de personne qui puisse se poser la question : « Pourquoi ce capitaine de gendarmerie se balade-t-il en tenue de bourgeois ? »). Pour me faire perdre tout caractère de capitaine de gendarmerie, j'allais *pedibus cum jambis*, la canne à la main et en passant par les bois, jusqu'à La Grande Pugère sur la route de Nice, où après avoir pris un champoreau, je montai dans la voiture publique pour Saint-Maximin. J'avais l'air d'un pékin, peut-être un peu pète-sec, mais après un cigare qui tire bien, généralement mon regard s'adoucit, et le cigare que je fumais tirait bien.

À Saint-Maximin, il suffisait d'avoir un peu de doigté. Je pris les rues de traverse. D'ailleurs, il faisait un vent à décorner les bœufs, et la nuit tombait. J'arrivai par-derrière chez frère Joseph. Je n'avais été vu de personne.

Depuis l'affaire d'Alès, nous étions en compte avec frère Joseph.

« Tu t'attaques à un gros morceau, mon fils, me dit-il. Il y a du corsage et de la tournure, et ces

ingrédients, ça vous fricasse un capitaine de gendarmerie en un tour de main, suivant le poignet
qui tient la poêle. Je me suis laissé dire qu'il y avait
du gros bonnet dans les parages. Regarde où tu
mets les pieds. »

Le lendemain matin il me procura un cheval de
louage. Je le félicitai : il avait eu l'esprit de me
choisir une bête un peu andouille.

« Je n'ai pas eu besoin de me servir de mon
esprit, dit-il. Le type m'a donné le seul cheval qui
convenait pour aller à Ginasservis. Il paraît que, dès
qu'on a déquillé son cavalier, il revient pépère, tout
seul à l'écurie. Ah, mon fils ! On peut dire que la
région est bien organisée. »

Je fis celui qui veut tromper tout le monde. Je
me sentais espionné par une sacrée bande d'œil
en coulisse depuis la location de mon cheval. Au
lieu de prendre carrément le chemin d'Ollières,
je fis un peu de trot tape-cul dans les sables du
ruisseau en direction de Seillons. Ce n'est qu'en
vue du petit Saint-Mitre que je piquai vers les bois.
À partir de ce moment-là, j'étais signalé comme
j'avais envie de l'être : un petit malin, mais qui ne
l'est pas assez, et dont la malice cache certainement une jolie sacoche.

Il ne faisait pas mauvais. Le vent restait fort,
mais il n'avait pas fraîchi. Je perdais évidemment
dans le brouhaha beaucoup de bruits qui auraient
pu me renseigner, mais les autres étaient logés à la
même enseigne.

Une fois dans le coteau au-dessus de Saint-Mitre, et dans les bois, il me prit envie de voir cette bastide de Beauvilard où la Belle Hôtesse venait quitter ses atours pour revêtir des habits d'homme : la ferme était à une demi-lieue devant mon nez, je pouvais bien me payer cette fantaisie.

C'étaient des bâtiments très conséquents : un corps principal, où, ma foi, il pouvait bien y avoir une demi-douzaine de pièces, et fort propres d'après les rideaux des fenêtres, un jas pour au moins cent brebis, des écuries, un assez joli cheval rouge et deux chiens qui n'aboyaient pas. Le fameux Maître Martin, noté dans le procès-verbal, avait l'air d'être là aussi, sous la forme d'une sorte de sexagénaire fort vert, sanglé dans un gilet à boutons de cuivre. C'était bon à savoir. Encore fallait-il être sûr de son identité. J'interpellai gentiment le bonhomme ; il vint vers moi. Je fis l'à moitié égaré et je lui demandai la route de Ginasservis.

Il m'en indiqua deux et il me conseilla de quitter les bois où, dit-il, je courais le risque de faire de fâcheuses rencontres, et il me recommanda de me rabattre sur ma gauche pour prendre la route de Rians, un peu plus longue, mais plus sûre que la route directe. Je le saluai d'un « Merci, Maître Martin ». Il me demanda si je le connaissais, je lui dis que j'étais sous la bénédiction de frère Joseph, qui connaît tout le monde.

« Bon, dit Maître Martin, alors ne tenez pas compte de ce que je viens de vous dire. Attendez que je réfléchisse. Gardez toujours l'idée de la route de Rians, mais ne la prenez pas tout de suite. Faites encore un peu de chemin sous bois. Ce que je veux vous éviter, c'est le vallon de Beaumont où, dans les détours (et il y en a), vous risquez de vous écraser le nez à chaque instant sur une bande qui hier, paraît-il, a opéré du côté de Pourcieux. Dès qu'on les talonne, c'est là qu'ils vont. Restez donc sous bois. De l'autre côté de l'aire, vous trouverez le sentier. Il n'est pas tracé jusqu'au bout, mais dans un quart d'heure, vingt minutes, vous verrez le sommet des Selves ; dirigez-vous droit dessus : là-haut, vous verrez clair. Au revoir, monsieur. »

Tout ça me semblait bel et bon. J'avais fait cinquante mètres, quand il me héla. Il vint vers moi à grandes enjambées. Il se planta à ma botte.

« Vous avez des connaissances à Ginasservis ? dit-il.

— Non, c'est la première fois que j'y vais. Je n'étais pas parti pour y aller, j'achète des moutons pour Romané.

— Je connais Romané.

— Je suis son courtier. Je devais traiter avec Silvy de Tourves et ça n'a pas marché. On m'a dit que je trouverai mon affaire à Ginasservis. Je vais voir.

— Alors, un conseil : il y a une auberge sur la place, laissez-la de côté. Par contre, il y en a une derrière l'église, à la sortie vers Saint-Julien. C'est la bonne. Chez la veuve Baron. Vous verrez. »

Me voilà perplexe. Avait-il réservé l'oiseau pour la Belle Hôtesse ou se l'était-il réservé pour lui-même ? Il est de fait que dans les taillis où il m'avait envoyé il était facile de me farcir de plomb. Il avait estimé mon cheval d'un clin d'œil et sûrement reconnu celui qui savait habituellement retourner tout seul à l'écurie. Lui et deux de ses bergers pouvaient très bien par un détour aller me couper la route au profond du bois. C'était à risquer. Le bruit du vent m'empêchait de monter une garde attentive. J'allai voir un peu, de haut et de loin, à quoi ressemblait le fameux vallon de Beaumont. Il avait raison, c'était animé. Peu de choses, mais trop pour moi : deux hommes, dont l'un armé d'un fusil et l'autre d'un bâton descendaient le flanc de la colline en face ; ils s'arrêtèrent à un gros chêne où un troisième était appuyé contre le tronc de l'arbre.

« Flûte, fiston, me dis-je, c'est un coup à voir ! Parions que tu ne risques rien sur l'itinéraire qu'il t'a indiqué ? Il a dû te trouver trop dodu pour les péquenots du vallon. Des gagne-petit, s'ils n'ont qu'un fusil à trois. Maître Martin doit avoir des intérêts chez la veuve. C'est à elle que tu es destiné. Ils se réservent les gros paquets. Allons-y. »

Au bout de vingt minutes, comme il avait dit, je vis le sommet de ce qu'il appelait les Selves, la longue crête d'une colline banale mais assez haute ; et je vis, également, suivant une route parallèle à la mienne, un garçon de douze à treize ans, qui courait comme un dératé en s'efforçant de se dissimuler. Je fis celui qui avait des difficultés avec son bidet, et surtout celui qui n'avait rien vu.

Du haut des Selves, Maître Martin avait encore raison, on découvrait tout le pays comme une carte de géographie. J'avais étudié la même : cette grosse ferme qui s'offrait directement au-dessous de moi dans le blanc d'une clairière, c'était le ménage dit Espagne. Un chemin de terre y menait. En passant devant le portail, je vis le galopin qui m'avait dépassé en essayant de se cacher. Il était assis sur un rouleau à blé, à côté d'une fille de trois ou quatre ans peut-être son aînée. Celle-là était remarquable. Sale comme un peigne, noire comme un pétard sauf des dents de loup, qu'elle montrait, non pas de rire, mais parce que ses lèvres étaient trop étriquées pour sa mâchoire. Elle avait trois montres épinglées sur ce qui lui servait de corsage (de la toile à sac) et trois sautoirs de métal jaune (or ?) autour du cou.

À une lieue au-delà du ménage d'Espagne, comme je traversais le ruisseau dans le bas-fond, je croisai la sœur de cette souillon, une fillette bien plus jeune, avec les mêmes dents et la même peau étriquée. Elle venait manifestement de faire une traite à vive allure. Elle me regarda comme si j'étais de la viande dans son assiette. Tout ça me paraissait très bien organisé. Pour ces organisations-là, on peut se fier aux paysans solitaires qui s'ennuient : c'est fait de main de maître. Les messagers me signalaient de poste en poste : le galopin, la dent de loup, et le troisième, un berger ou une ménagère, trottait déjà une lieue devant moi pour prévenir de mon arrivée. J'avais compté sur cette réclame. Encore fallait-il qu'elle ait un ton particulier. J'allais m'efforcer de le lui donner.

Après le ruisseau qui sépare les terres d'Espagne de celles du ménage suivant qui est la Rougonne, le vallon descendait jusqu'à la route dont on voyait les ormeaux dans le lointain. Je pris le trot pour aller la rejoindre. J'aperçus deux charrettes qui allaient dans la direction de Ginasservis. Je m'arrangeai pour toucher la route au moment où elles arrivaient à ma hauteur. Une de ces charrettes était pleine de dindes, l'autre transportait des jarres d'huile. Néanmoins la malice était cousue de fil blanc. Les deux conducteurs n'étaient pas de bons comédiens. Ils ne manifestèrent à ma vue qu'un intérêt, disons relatif. Dans ces régions, un cavalier sortant du bois n'est jamais considéré comme catholique. Des commerçants auraient eu l'air plus constipés. Enfin, nous allions voir. Je me mis derrière la caravane.

Il ne fallait pas faire d'impair, mais c'était peut-être l'occasion que je cherchais. Nous étions donc à la queue leu leu, le marchand d'huile, puis le marchand de dindes, puis moi, et tout ça, bien pépère, au pas, dans un pays totalement désert, traversant une petite plainette pour le moment, mais nous dirigeant vers des collines boisées, où le noir des taillis serrait la route.

Je me disais : « De deux choses l'une, ou bien ils font partie de la bande de la veuve Baron, avec Maître Martin, le galopin, la souillon, les fermiers d'Espagne et les quatre ou cinq fermes qui sont encore isolées par là-dedans, et ils vont se contenter de te tenir à l'œil jusqu'à l'auberge de la Belle

Hôtesse (mais alors pourquoi la mobilisation de
ces deux charrettes et la comédie de l'huile et des
dindons ?), ou bien ces deux lascars font partie
d'une autre bande et chassent pour leur propre
compte ; dans ce cas, ils préparent leur guet-apens
et il n'est pas difficile, en regardant la route
devant nous, de deviner où il va se produire. Il y a
encore une autre explication : ce sont, tout bon-
nement, d'honnêtes commerçants, et si tu fais ce
que tu as l'intention de faire, tu auras bonne
mine. Ce serait le plus cocasse de tout. »

Depuis le matin, j'étais aux prises avec une
malice paysanne. Elle va chercher ses astuces dans
des endroits que nous ne fréquentons guère. On
ne s'était pas plus méfié de moi que si j'avais été un
veau. Le galopin ne s'était pas caché, la souillon
non plus et, tout compte fait, Maître Martin avait à
peine respecté les convenances. On me poussait
vers l'abattoir sans le moindre ménagement. Que
j'aie une intelligence quelconque, ils s'en fou-
taient. Ils avaient décidé de moi et la cause était
entendue. Je ne voulais pas arriver dans les mains
de la veuve pieds et poings liés, au contraire. Je voulais bien qu'elle attende un veau, mais je voulais
qu'elle reçoive un olibrius. C'était le moment de le
faire.

Nous approchions de l'endroit où la route
entrait dans les taillis de chênes verts. Le bruit du
vent couvrait tous les bruits. Je décidai de profiter
de la circonstance. Je me rapprochai de la charrette aux dindons. Les cages des volailles étaient
recouvertes d'une bâche. J'en soulevai un coin. Je

vis bien les dindes, mais je vis surtout un lascar couché de tout son long contre les ridelles avec un bon fusil de chasse à deux coups entre les mains. Voilà qui levait l'hypothèque des commerçants. L'alternative qui restait m'était de toute façon favorable. Il fallait passer aux actes, pendant que nous étions encore en terrain découvert.

Je fis faire un petit saut de carpe à mon bidet qui, malgré l'insolite de ce qu'on lui demandait cette fois, se débrouilla assez bien. Je me trouvais ainsi sur le flanc de la charrette aux dindes et à dix pas de l'arrière du marchand d'huile. J'avais judicieusement réparti mon artillerie dans mes poches et dans mes fontes. Un regard à une fente de la ridelle m'apprit que le lascar couché le long de son fusil n'avait pas bougé, et qu'il lui faudrait au moins cinq bonnes minutes avant qu'il soit en position de pouvoir me mettre en joue. D'ailleurs il ne me regardait pas, il regardait devant lui à travers les jambes de son compagnon qui conduisait. Il allait avoir du spectacle. Mes deux gros pistolets de fonte étaient chargés à boulets. Je fis feu du premier et du second sur les deux jarres qui trônaient à l'arrière de la charrette du marchand d'huile. Elles éclatèrent toutes les deux. Je m'étais arrangé pour que ces coups fassent beaucoup de bruit et de fumée. J'avais réussi. Je pris le pistolet de ma poche gauche et je tirai vers les oreilles du marchand d'huile avec une balle miaulante. Elle dut passer fort près, car le bonhomme sauta de son siège comme projeté par un ressort et, sans

plus se soucier de son chargement, il détala à travers champs comme un perdu. À la raconter,
toute cette action semble très lente ; en réalité,
quoique fort rapide, elle me paraissait et elle
devait paraître à mes adversaires très lente aussi.
Je m'étais porté à la hauteur du marchand de
dindes. Il était éberlué et ébahi, il verdissait à vue
d'œil. Il faillit tomber de son siège quand je tirai
un autre coup de pistolet dans ses dindons et qu'il
entendit hurler son fantassin que je venais de
blesser à la main. J'avais arrêté la charrette en mettant ma gauche au mors du cheval, ma droite était
déjà armée d'un pistolet tout neuf prêt à claquer
et braqué où il fallait.

« Alors, mes petits lapins, ça va comme ça ? »
dis-je au marchand de dindes.

À voir son air, ça allait, amplement.

« Dites à votre petit soldat de sortir de dessous
les cages. Et qu'il ne touche pas à son fusil. Il n'est
pas mort, mais il pourrait bien l'être. »

J'avais l'habitude de ces détrousseurs de grands
chemins : ils ne sont pas courageux ; s'ils étaient
courageux, ils travailleraient. Il faut du courage
pour travailler. J'avais compté sur leur couardise, et
je ne m'étais pas trompé. Le marchand d'huile
était depuis longtemps sous le couvert du bois (où
il se serait bien gardé d'aller, s'il avait été honnête
commerçant), le dindon était blanc comme un
linge, claquait des dents et sucrait les fraises, quant
à la force armée qui était allongée tout à l'heure
contre les ridelles avec son fusil, elle s'était tirée de
là-dessous et, dépliée en long flandrin sans fusil,

pleurait comme un enfant en regardant sa main
criblée de plomb, qui saignait goutte à goutte.

La blessure n'était pas grave. J'avais fait tout ce
qu'il fallait pour ça, je n'avais pas besoin de plus. Je
savais que ces paysans, prodigues du sang des
autres, étaient très avares du leur, et que la plus
petite brèche dans leur propre peau serait toute
une affaire. Ils étaient à cette affaire-là, tous les
deux. Je pris le fusil. Je fouillai mes deux bonshommes. C'était bien ce que je pensais : ils étaient
armés de stylets. Les marchands de dindes ne se
promènent pas avec des stylets. L'un des deux (le
grand flandrin, je crois) avait trois bagues dans ses
poches et deux sautoirs en cuivre (manifestement)
avec des cœurs de Marie. Je confisquai sautoirs et
bagues, et, toute réflexion faite (car j'inventais), je
pris tout ce qu'ils avaient dans les poches : blagues
à tabac, pipes, mouchoirs de nez, couteau à
manger, peloton de ficelle, briquet, et continuant
à inventer, je les fis déshabiller complètement.
« Faites-moi sauter ces chemises et ces culottes en
vitesse, et jetez-moi tout ça dans le fossé, avec les
souliers et tout, et maintenant, en avant la
musique, à poil, allez vous faire pendre ailleurs,
fouette cocher, ne me laissez pas le temps de réfléchir, sans quoi vous y passez tous les deux. »

Mes pistolets aux poings, j'étais le dieu qui fait
pleuvoir. Habitués à répandre la terreur, ils ne com-
prenaient plus, ne comprenant plus, ils obéissaient
au doigt et à l'œil. Et il y avait ce sang très précieux
qui coulait. Voilà mes cartes. Mais je n'avais que
celles-là. Je venais de m'apercevoir que tout le pays

était truqué. Les fermes n'étaient plus des fermes, les bois n'étaient plus des bois, les routes n'étaient plus des routes, les enfants n'étaient plus des enfants, dès qu'on mettait le pied dans ce pays, on tombait dans un appareil à tuer et à dévaliser. Il devait même fonctionner automatiquement, à la façon d'un estomac qui digère tout ce qui tombe dans sa panse ; en tout cas, qui s'attaque à tout ce qui tombe dans sa panse, car je n'avais pas du tout envie d'être digéré.

J'avais fait des rêves : la Belle Hôtesse ! Ces mots y étaient pour beaucoup. Pas tout à fait pour ce qu'on croit, le beau sexe ne me touche que dans des conditions très particulières. J'avais fait des plans pour des combats d'intérieur. Je m'étais vu entouré de batteries de cuisine, et de salle d'auberge. Il fallait mettre tout ça au goût du jour. Je ne pouvais plus rien prévoir. Sinon que ce que j'avais prévu n'arriverait pas.

La charrette de dindes sautait au trot en direction de la forêt ; elle était en train de rattraper celle du marchand d'huile, dont le cheval, après un temps de galop, avait repris le pas. Les voilà qui disparaissent toutes les deux sous le couvert. Le fusil du fantassin était bien chargé de ses deux coups ; je le passai en bandoulière, et je m'avançai moi aussi.

Je mis pied à terre à l'orée du bois, près d'une fontaine entre quatre peupliers. Il y avait maintenant tellement de vent que je n'entendais même plus le bruit que devait faire l'eau qui tombait dans le bassin à côté de moi. Sans bruit également décampaient toujours dans la montée les deux charrettes de mes braves commerçants. Elles tournèrent le coin, et il n'y eut plus rien à voir que tous ces halliers brassés et grondants. J'étais bien embêté, n'importe qui pouvait me tomber sur le paletot n'importe quand. Mes deux types nus, s'ils avaient un peu de courage, pouvaient le faire : il ne m'était pas possible de savoir si leur charrette s'était arrêtée après le tournant, ou s'ils continuaient à fuir. Je pariai pour la fuite, mais je perds souvent mes paris. Il y avait aussi le marchand d'huile. Il avait couru loin vers la gauche et vers des collines noires, mais, avec un peu d'esprit, il pouvait très bien revenir en se cachant et m'aligner à bout portant un coup de pétoire chargée de clous de souliers (comme celle que je portais en bandoulière).

Je jetai un coup d'œil à la carte que j'avais griffonnée avant de partir : je devais être à deux lieues ou trois de Ginasservis. Je m'appuyais actuellement à des communaux très épais en direction de La Verdière et dans lesquels je n'avais marqué que deux fermes : Notre-Dame et la Léontine, à fuir comme la peste évidemment : en pleine sauvagerie, elles ne pouvaient être que pleinement sauvages. Devant moi, c'était le Défends du Mont-Carmel couvert de chênes blancs dont les feuillages brassés de vent faisaient un bruit d'enfer. Ce n'était pas une partie à jouer franc-jeu. Je pris la résolution de mettre un atout dans ma manche. D'ordinaire, je ne prends pas tant de pincettes avec les événements, mais cette fois-ci... Enfin, je voulais bien mourir, mais je voulais gagner.

Je décidai donc de poursuivre ma route à pied.
Puisque ce canasson avait l'habitude de rentrer
tout seul au bercail quand on avait déquillé son
cavalier, j'allais en profiter. Je lui tournai la tête du
côté de Saint-Maximin et je l'engageai à décam-
per d'une tape sur la croupe. Il resta de bois. Il me
fallut un moment pour comprendre qu'en effet je
n'avais pas suffisamment reconstitué l'atmosphère. Je lui fis claquer un coup de pistolet aux
oreilles, à partir de là son intelligence s'engrena :
il me regarda, me renifla et s'en alla paisiblement
au petit pas vers son écurie. Drôle de corps !
C'était la première fois que je voyais un bidet de
cet acabit. Il était sérieux comme un pape.

À l'abri de la fontaine je rechargeai mes pistolets,
et je m'engageai sous le couvert. Je portais mes
sacoches de selle en besace. Je compris tout de suite
que j'étais entièrement à la merci de n'importe quel
lâche embusqué. Le bruit des feuilles remuées de
vent empêchait d'entendre quoi que ce soit d'autre,
et le balancement des branches ne permettait pas
de surveiller les mouvements insolites. J'étais donc
constamment sur le qui-vive. À part ça, le paysage
était joliment champêtre. Le sous-bois dégagé permettait de suivre une direction bien déterminée et
je trouvais, de place en place, des tapis d'herbe
fraîche sur lesquels j'aurais volontiers cassé la
croûte. Il était plus de midi.

Après une petite heure de marche, le vent
rabattit vers moi l'odeur caractéristique d'une
meule à charbon de bois en combustion, et, peu

de temps après, j'arrivai dans la clairière où elle brûlait. Les charbonniers de profession, obligés d'habiter dans les forêts, sont forcément les complices et les amis des brigands, sans quoi ils passeraient à la casserole. C'est donc en connaissance de cause que je m'approchai. Il n'y avait là qu'une femme et qui paraissait imbécile. Elle me regarda comme sans me voir et sans répondre mot à mes interrogations. Je restai là un petit instant à essayer de comprendre ce qui s'était passé ; c'était clair : l'homme était parti d'ici une heure au moins avant mon arrivée. Il avait dû entendre ma fusillade là-bas sur la route, ou être prévenu par qui sait quel messager. De toute façon il avait laissé sa hache par terre, sans prendre soin de la planter dans un billot (ce que ne fait jamais un ouvrier de la hache quand il a sa tête à lui). Je jetai un coup d'œil dans la cabane. Il n'y avait pas de fusil, et ces gens-là en ont toujours un. La femme me laissa inspecter les lieux sans manifester le moindre intérêt. Accroupie près de son feu, elle continuait à touiller sa soupe. Je la tins un moment aux aguets caché dans les buissons, après être parti : elle ne bougea pas d'une ligne.

Or, ma force, c'était le combat. Chaque fois que j'avais maille à partir avec mes ouistitis dans mon secteur, je gagnais parce qu'on savait qui j'étais. Et on savait qui j'étais parce que nous nous affrontions. Ici, j'étais dans du coton. Même l'algarade avec le marchand de dindes et le marchand d'huile semblait m'avoir été proposée pour bien me faire comprendre qu'ici il ne s'agissait pas de courage. La moutarde commençait à me monter au nez, ce qui est toujours une mauvaise chose. Je le savais et je m'efforçais de garder mon sang-froid, mais rien ne m'irrite comme ces reculades. J'ai besoin qu'on résiste. Ici, du vent. Du vent qui grondait dans cette forêt sonore et c'était tout.

Je pouvais être à Ginasservis en deux heures de marche, et puis quoi ? J'entrerais dans une auberge semblable à toutes les auberges. On m'y servirait comme on sert tous les voyageurs. Et je serais Gros-Jean comme devant. Mes deux « commerçants » à poil et blessés auraient beau avoir délivré ma carte de visite, on me traiterait par-dessous la jambe. « Nous ne tuons que ceux que nous choisissons », me diraient-ils implicitement, avec le sourire. Car, s'ils avaient coupé dans le courtier acheteur de moutons, je n'aurais pas dépassé l'aire de Beauvilard et les mains de Maître Martin. On ne m'avait pas choisi. On me donnait au contraire du champ pour mes ébats. J'avais l'impression d'être joué. J'avais fait inutilement rebrousser chemin au cheval de Saint-Maximin. J'étais plus en sécurité dans ces bois, dans ce vent, dans ces bruits, que dans la chambre de ma caserne.

À ce moment-là, un coup de feu me péta en pleine figure. Presque à bout portant ; son éclair m'éblouit. J'étais touché — superficiellement, ça ne trompe pas — mais touché au cou, à l'épaule gauche et au bras, par de petites chevrotines. J'étais d'ailleurs déjà à plat ventre et pistolet au poing.

Mon agresseur était visible comme le nez au milieu de la figure. Il chevauchait une branche de chêne à deux mètres au-dessus de moi. Il s'apprêtait à me finir avec son deuxième coup mieux ajusté. Je le déquillai d'un coup qui porta, à balle, en plein dans son visage. Il dégringola de son perchoir, déjà mort, à la façon dont il faisait le sac de plomb. Le fait est qu'une fois à terre il n'eut même pas un soubresaut.

Le curieux, c'est qu'il était seul. Je restai un petit instant encore à plat ventre pour m'en assurer. J'étais vraiment très superficiellement touché : au cou je n'avais qu'une égratignure, l'épaule fonctionnait sans douleur, le bras, peut-être un peu de plomb dans le gras, mais tout juste. Par contre, mon zèbre avait cassé sa pipe. Je l'avais touché à la base du nez, et comme j'ai l'habitude de charger lourd, le haut du crâne était en miettes. C'était un homme jeune. Ses mains n'avaient jamais tenu un outil quelconque. Il portait étrangement à l'index droit une bague au chaton en forme de cœur. Je devais, de toute évidence, la vie à cette fioriture : elle l'avait gêné pour ajuster son premier coup. On ne s'embarrasse pas de ce romanesque quand on va à la bataille. C'était sans doute un esprit ardent : ils le paient toujours une fois ou l'autre. Il venait de le payer très cher pour peu de chose. Il est vrai que je ne lui avais pas laissé le temps de finir son travail.

Il était, ma foi, bien vêtu et pas du tout pour grimper aux arbres, ni même pour courir les bois. Sa veste avait même l'air d'être une veste d'intérieur un peu gandin, avec des brandebourgs et en étoffe bien luisante (peut-être en soie). Il avait un gilet de tapisserie à semis de fleurs, des pantalons à sous-pieds fort tendus. Je fouillai, bien entendu, les poches de tout ce fourniment.

Je trouvai tout de suite de quoi rassurer ma conscience (au cas où elle aurait eu scrupule de cette mort). Le gandin n'était pas parti pour la chasse aux papillons. Une de ses poches contenait une poire à poudre et une grosse poignée de chevrotines cisaillées. C'est une de cette sorte qui était dans mon bras, et si celle qui m'avait éraflé le cou avait pénétré un tant soit peu dans les chairs, j'étais bon comme la romaine ! Il avait en outre sur lui un mouchoir blanc pour le nez, marqué P. B., un mouchoir de couleur marqué M. C., une tabatière en argent contenant des clous de girofle, des brimborions : des morceaux de chaîne de montre, des anneaux de clefs, un tuyau de pipe en ambre et trois écus. Je laissai tout en place.

Mon sang ne coulait plus de l'égratignure que j'avais au cou et l'épaule fonctionnait sans mal. Je pris le mouchoir de couleur pour serrer la blessure du bras qui suintait encore un peu.

Le coup de feu ne cadrait pas avec tout ce qui s'était passé jusqu'ici. Plus je regardais le bonhomme, plus je me mettais dans la tête que c'était une sorte de franc-tireur. Que faisait-il dans les bois en pantalon à sous-pieds, et, Dieu me damne, en escarpins (je venais de le remarquer). Son arme était un fusil à deux coups damasquiné. Enfin, c'était un brigand de luxe. À moins qu'il ne s'agisse pas d'un brigand. Alors, c'était quoi ? Les bourgeois n'ont pas l'habitude de grimper dans les arbres pour fusiller les passants ; ils ont d'autres moyens quand ils leur en veulent. Et des passants ? Qui pouvait s'imaginer qu'il y en aurait dans ce coin de forêt sans route ni sentier où moi-même je ne me trouvais que par hasard ? Tout ça s'emmanchait mal. Il y avait quelque part quelqu'un qui se foutait de moi.

J'avais maintenant l'impression que tous mes faits et gestes avaient été épiés depuis le début de cette affaire. « Par Dieu, me dis-je, il faudra bien à la fin que cette Belle Hôtesse sorte de son corset. »

J'arrivai à Ginasservis à la tombée de la nuit, traînant la patte. J'étais éreinté. Je ne suis pas taillé pour la marche à pied. Je m'y débrouille mais je manque de tenue, et c'est toujours à la tenue que je me raccroche quand nécessité fait loi. J'étais désorienté, je n'avais pas mangé de la journée, à quoi il faut ajouter ce vent qui n'avait pas cessé de corner durant tout le jour et maintenant, avec le crépuscule noir, faisait le diable à quatre dans un village désert. Absolument désert. Je voyais bien, çà et là, aux fenêtres, trembler le rouge d'un âtre, mais c'était tout. Je trouvai facilement l'auberge : c'était la dernière maison sur la route de Saint-Julien-le-Montagnier, l'endroit le plus sinistre que j'aie jamais vu de toute ma vie. J'avais l'impression d'y être attendu. Quelqu'un était sur le pas de la porte, qui rentra quand il me vit approcher.

Celui qui m'avait ainsi attendu, ou en tout cas donné l'impression, était — à en tomber les bras

— l'aubergiste classique, et même le bon aubergiste classique, avec son petit bedon, son tablier vert, son sourire commercial, sa bonne bouille de jouisseur patenté. Il avait même, ma parole, les yeux bleus ! C'est tout dire. Ce n'était pas un figurant : il était très au courant de son métier. Il s'étonna de me voir à pied. Je le laissai à son étonnement et je lui demandai à manger le plus rapidement possible. Et le mieux possible. Il m'assura que je serais satisfait. Et le plus abondamment possible. C'était, d'après lui, l'enfance de l'art.

Il avait raison : la table fut mise en un tournemain. Et par des hommes. Je demandai s'il n'y avait pas, par là, quelque servante. On me répondit : non, monsieur. On m'apporta à manger. J'avais tellement faim qu'il me fallut plus de dix minutes avant de me rendre compte que j'avalais à tire-larigot un jambon au porto de premier ordre. Cela méritait réflexion, mais elle ne vint qu'après que je sois en partie rassasié. Le jambon au porto n'est pas une cuisine d'auberge isolée et sauvage. Car celle-là craquait, grondait, et même (semblait-il) se balançait dans le vent comme un navire en haute mer. Il y avait en outre, et en tout, un raffinement qui sentait son rebelle. Le chandelier de ma table était en argent, ma vaisselle était plate, mes couverts à blason. On m'apporta ensuite une bécasse, et une bécasse de riche : dressée sur son plat comme pour un Louis XIV.

Au surplus, j'étais le seul client (visible tout au moins), et, en plus de l'aubergiste au gentil bedon et au tablier vert, quatre personnes (je dis personnes, car elles n'avaient pas du tout figures de domestiques) s'affairaient à mon service. Que j'interrompis après la bécasse pour demander s'il n'y avait pas au village un barbier capable de soigner une petite blessure que j'avais au bras.

« S'il ne s'agit pas de l'invalide à la tête de bois, me dit mon hôte, je peux soigner tout ce qui se présente dans cet ordre d'idée. J'ai été chirurgien au 102ᵉ de ligne. »

C'était, en plus, un gaillard maître de ses nerfs. Il fut, de toute évidence, interloqué par le mouchoir de couleur qui serrait mon bras, mais il reprit son sang-froid tout de suite, et d'un coup d'œil il le fit reprendre aux deux personnages qui l'aidaient, l'un tenant la cuvette et l'autre la charpie. Il sonda ma blessure avec une aiguille à tricoter, et après avoir extrait la chevrotine qui (il me le montra avec complaisance) avait été soigneusement cisaillée, il cautérisa la plaie avec le tisonnier rougi au feu. Il y a des distractions plus agréables.

Je continuai mon repas. J'avais remarqué sans le montrer qu'il avait gardé le mouchoir de couleur et fait mon pansement avec la toile d'une chemise blanche déchirée. Cet intermède n'influa en rien sur l'ordonnance royale du festin ni sur le service de premier ordre de tout le monde. Il semblait qu'on s'était donné à tâche de me prouver quelque chose. Dieu me damne si je savais quoi !

Finalement, après un kirsch de toute beauté, je pris mon bougeoir, l'hôte prit le sien pour m'accompagner vers ma chambre. Une « personne » me suivait portant mes sacoches. Comme nous sortions de la salle à manger, je touchai gentiment l'épaule de l'hôte qui me précédait.

« Somme toute, lui dis-je, il n'y a que des hommes dans cette maison, et je n'ai pas vu cette Belle Hôtesse dont on parle tant.

— Si vous en êtes curieux, dit-il, c'est facile, je vais vous la montrer. »

Nous fîmes quelques pas dans le couloir, lui devant, moi au milieu, la « personne » derrière, et il m'arrêta devant une grande découpure en fer colorié appuyée contre le mur et représentant une belle femme armée de tous ses appas.

« Je l'ai décrochée, me dit-il. Nous sommes dans un endroit où les vents sont souvent furieux. Elle faisait un bruit d'enfer. »

La chambre où finalement ils me firent entrer, au premier étage, était à l'instar du repas. Le raffinement le plus insolent, le plus illégal, le plus anticapitaine de gendarmerie (même ancien napoléonide) qu'on puisse imaginer. Sans la mort du gandin perché dans le bois, ç'aurait été une jolie comédie ! Je pensais à l'esprit qui avait imaginé cette bourde. L'hôte et ses acolytes jouaient manifestement un rôle. Ils avaient beau se surveiller, ils se surveillaient trop. Je les congédiai ; ils me souhaitèrent la bonne nuit.

« Et maintenant ? » me dis-je. Mais j'eus beau passer l'inspection sur toutes les coutures, la chambre n'était qu'une honnête chambre, sans trappe, sans piège, sans passage secret, avec de bons verrous solides à la porte et des volets que je pouvais facilement cadenasser. Mon portemanteau était là avec toute mon artillerie intacte. Si piège il y avait, il était sacrément bien dissimulé. Je finis par me dire que le piège était qu'il n'y en avait pas. D'ordinaire, je suis plus subtil, mais depuis que j'avais mis le pied dans cette auberge, on m'avait vraiment pris sans vert. Je m'attendais à de l'esbroufe et j'avais du sucre de pomme. Je me dis : « Mon petit lapin, on veut te faire jouer avec le feu ; fais noblement ta partie sans pincettes. »

Je me mis au lit. Les draps sentaient la lavande. Bien entendu, je ne dormis pas tout de suite malgré ma fatigue. On est toujours libre de prendre des résolutions, mais quand il s'agit de commander à la nature, on est obligé de compter sur une marge. J'étais curieux et je ne sais pas résister à la curiosité. J'entendis la maison s'assoupir et les hurlements du vent prendre possession du monde. C'était un drôle de noctambule. J'aurais bien voulu en rencontrer d'autres. Enfin, comme il ne se passait rien, la tiédeur du lit me fit perdre conscience.

Je me réveillai en sursaut. Le vent faisait toujours le diable à quatre, mais ce n'était pas lui qui m'avait alerté dans mon sommeil. Un bruit de voix basses dehors ; ce n'était pas une fantaisie du vent. J'allai à la fenêtre regarder par le joint du volet. Une charrette était arrêtée devant l'auberge. L'hôte (il était débarrassé de son tablier vert) et ses acolytes (qui semblaient mieux à leur affaire que dans leur rôle de garçons d'auberge) tiraient de la charrette un long paquet imparfaitement enveloppé dans un bourras à charrier l'avoine et dans lequel je reconnus le corps de mon gandin perché. Peu après, je les entendis monter l'escalier. J'allai entrouvrir ma porte : enfin, la tragédie arrivait !

La vérité m'oblige à dire qu'ils se fichaient de moi comme de leur première culotte. L'hôte haussait la lanterne ; les quatre acolytes, deux à la tête, deux aux pieds, portaient le corps ; tous s'efforçaient de faire le moins de bruit possible pour ne pas éveiller le client. C'était moi le client. Je ne me suis jamais senti aussi vexé. Ils entrèrent avec leur fardeau dans une chambre à vingt mètres de la mienne, au bout du couloir. Je les entendis fourgonner dans la literie.

Ils ressortirent au bout de quelques minutes, fermèrent la porte. J'étais toujours aux aguets et j'eus un moment d'espoir. Un des acolytes fit mine de se diriger de mon côté. Il avait pistolet au poing. Moi aussi. Mais l'hôte le retint par le bras. « Elle a dit non », dit-il, et il le poussa dans l'escalier.

Il n'y a plus d'histoire. Je dormis. Je me réveillai au grand jour. Je pris un café excellent dans du moustiers blanc de toute beauté. Je payai une note raisonnable. On se mit en quatre pour me procurer un cheval de selle qu'il me suffisait, dirent-ils, de laisser à l'hôtel de l'Univers, à Saint-Maximin. Je fis celui qui trouvait tout naturel. C'était la seule façon de ne pas donner prise. J'eus juste un petit coup d'œil pour regarder en catimini l'acolyte au pistolet de la nuit passée, celui à qui il avait fallu rappeler

« qu'elle avait dit non ». Il était paisible comme une
jarre d'huile. Et je pris le chemin du retour.

À une lieue du village je rencontrai, venant vers
moi, et au triple galop, mon brave Achille avec
quatre de mes hommes. Alerté par le bidet que
j'avais renvoyé à Saint-Maximin après l'affaire du
marchand de dindes et du marchand d'huile, le
frère Joseph avait fait prévenir mon supérieur hié-
rarchique qui accourait à la rescousse. Je leur
racontai l'histoire. Je n'ai jamais vu cinq hommes
plus écœurés. Je le fus à mon tour par la suite
quand, à la réflexion, j'acquis la certitude que
rien ne serait arrivé, dans cet ordre et de cette
façon, sans des complicités qui s'exerçaient jusque
dans le bureau d'Achille.

Six mois après, du fond de l'hiver, j'eus un
aperçu de la grosseur du gibier que j'avais chassé.
Je me chauffais les burettes, jambes écartées devant
l'âtre ronflant de l'auberge. Le maître de poste me
dit : « Capitaine, on vous appelle de la caserne. »
C'était la sentinelle qui gueulait comme un ours.
Allons bon ! J'étais trop bien. Il y avait un mètre de
neige partout. Une estafette m'attendait au corps
de garde. C'était un mot d'Achille.

« Il aurait pu t'éviter cette corvée, dis-je au cavalier (c'était Joseph, je l'aimais beaucoup), qu'est-ce
qu'il peut y avoir de si pressé un jour comme
aujourd'hui ?

— Il y a des gens pour qui les jours comme aujourd'hui ne comptent pas, mon capitaine. Le colonel a bien essayé d'écraser le coup, mais regardez d'où ça vient ! »

Ça venait en effet, non pas de la préfecture, avec laquelle nous pouvions encore jongler, mais du Cabinet noir où grouillaient tous les reptiles de la création. L'ordre était de me rendre à la Grande Pugère, à trois lieues de mes pénates, pour y attendre une berline que j'aurais à escorter personnellement (souligné) jusqu'à Brignoles. Pour du gâteau, c'était du gâteau.

En fait de port de mer, il y a mieux que la Grande Pugère par bourrasque de neige. J'essayai de reprendre un peu de chaleur dans la salle d'attente du relais, mais c'était un carrefour de vents coulis, et le feu ne valait pas tripette. Elle était déserte d'ailleurs. La berline n'était pas annoncée. Elle avait dû trouver des chemins impossibles en traversant le Mont Olympe. J'allai me réfugier à l'écurie dans la chaleur des bêtes. J'y trouvai un voyageur qui semblait attendre la diligence d'Aix et les palefreniers qui jouaient aux cartes, assis dans la paille autour d'une lanterne.

La Grande Pugère, au gros de l'hiver, c'est la Sibérie. Ce relais, qui n'a jamais cessé d'être une simple grange, est tenu par un phénomène qui se fout du tiers comme du quart, et surtout du confortable des passants. Il est vrai qu'il n'en voit que chaque fois qu'il lui tombe un œil. Qu'est-ce qu'on viendrait faire à la Grande Pugère ? Le voyageur de ce soir a l'air d'un commis quelconque. Je regardais la partie de cartes. Il s'approcha de moi. « Êtes-vous le capitaine Langlois ? » me demanda-t-il à voix basse, en faisant mine de me tirer à l'écart. « Je le suis en effet », répondis-je en restant ferme sur place. Il me montre une plaque d'identité en argent. Je ne fais pas attention au nom : c'est un Durand quelconque, je crois, mais au titre : il est une huile de cette police noire qui est libre de faire les quatre cents coups. Je lui rends la plaque et je lui dis : « Et après ? » Il part pour le prendre de haut, puis il met de l'eau dans son vin. « J'obéis comme vous, me dit-il, je ne suis pas le premier moutardier du pape, et vous devez bien vous douter que ce n'est pas pour mon plaisir que je me gèle les arpions dans ce trou. J'aimerais mieux être chez moi, mais il y a des gens à qui on ne peut pas dire non. C'est pourquoi vous êtes là aussi. Alors, ne nous tirons pas dans les pattes. Je sais très bien que vous êtes un mauvais coucheur, moi aussi. Si nous nous frottons les oreilles, est-ce que nous aurons moins froid aux pieds ? »

Je reconnais qu'il a raison. Sa façon de m'interpeller m'avait déplu, mais, comme il dit, c'est le métier. Je lui demande alors ce qu'il peut bien y avoir de précieux dans le véhicule que nous attendons pour qu'on dérange tant de monde. Il me répond qu'il n'en sait rien. Et là-dessus nous entendons crier dehors : c'est précisément le véhicule qui arrive.

Les chevaux sont éreintés et fument comme des brasiers. Pendant qu'on les change, que les lanternes s'agitent de droite et de gauche, et que mon policier « noir » active tout le monde, un gros homme descend de la berline ; je l'entends dire « Au revoir, bon voyage, ne me laissez pas long-temps sans nouvelles » à quelqu'un qui reste dans la voiture dont il ferme soigneusement la porte. Dont il s'éloigne lourdement, s'approchant de moi. Mais ce n'est pas pour me parler : c'est pour me regarder de la tête aux pieds. Je le toise, bien entendu, moi aussi sans la moindre vergogne et il s'en va, sans m'adresser la parole, mais non sans m'avoir montré la lippe et l'œil des puissants.

C'est un dragon qui avait escorté la berline jusqu'ici. Il me fit signer une décharge et me remit le papier de prise en charge.

« Tu viens d'où ? lui demandai-je.

— Motus, mon capitaine, me dit-il, excusez-moi. »

Les mystères et moi nous faisons bon ménage. Je me mets en selle, et en avant ! Nous avons d'abord un temps abominable et je ne démarre pas du poste de flèche où j'aide le cocher à tenir ses canassons qui se démènent dans un vent de neige épais comme de la soupe de pois. Passés les parages à découvert, nous entrons à l'abri de la montagne de Regagnas. Le vent nous fiche un peu la paix et je viens trotter près de la portière. Deux ou trois fois dans le courant de la nuit, le cocher m'appelle encore pour que je me porte en flèche. Il a un cabochard attelé à gauche qui n'aime pas recevoir de la neige dans le nez. Mais nous nous débarrassons de cet abruti à Saint-Maximin et, à partir de là, la progression se fait de façon plus satis-

faisante. Il neige moins et, enfin, il ne neige plus.
La nuit est toujours noire comme un pétard et,
bien entendu, nous ne rencontrons pas un chat.
Qui aurait l'idée de voyager par une nuit pareille ?
« Qui, me dis-je, sauf quelqu'un qui précisément
ne voudrait pas rencontrer un chat ? » Est-ce le
cas ? La porte de la berline est en bois plein. Nous
avons l'air de transbahuter le Saint-Sacrement.

Nous arrivons à Brignoles à cinq heures du
matin. Je vois tout de suite celui qui doit me relever.
C'est un hussard. Il signe ma décharge et me voilà
libre. Je flâne un peu autour de la voiture pendant
qu'on change les chevaux. J'aimerais bien voir la
figure de notre voyageur. Il y a un sacré moment
qu'il est enfermé dans sa boîte. Est-ce qu'il ne va
pas sortir pour se dégourdir les jambes ?

Non, les chevaux sont changés, le hussard est en
selle, la voiture va repartir, je tourne le dos pour
m'en aller, quand je m'entends appeler par mon
grade, par mon nom, par une voix de femme. Il
n'y a pourtant pas de femme autour de nous !
Mais la portière de la berline est entrouverte et un
gant noir en dépasse. Il me tend un objet : c'est
une petite boîte. Je la prends. La portière se
referme, la voiture s'envole. Je n'ai pas le temps
de protester. Je reste en plan avec la petite boîte
dans la paume de ma main.

Je vais la regarder de près sous le fanal de l'écurie. Elle contient la bague au chaton en forme de
cœur que mon gandin perché dans les bois de
Ginasservis portait à l'index de sa main droite.

L'Écossais ou la Fin des héros

CHAPITRE I

Dans la nuit du 6 au 7 février 18.., la voiture publique dite l'Italienne, faisant le service direct d'Aix à Nice, fut attaquée dans la montée de Mauvais-Pas, à trois lieues de Saint-Maximin. Alerté aux premières heures du 7, je fis patrouiller dès l'aube la brigade de Saint-Pons dans les landes, entre les lieux-dits Saint-Christol et Barjaude. La neige tombait en bourrasques assez raides ; nous avions l'impression d'accomplir une simple formalité.

Les quartiers que je parcourais avec mes quinze cavaliers étaient, quoique aux confins du territoire placé sous ma surveillance, assez éloignés du lieu de l'attentat. J'avais néanmoins jugé utile d'y pousser des reconnaissances. Ces terres désertes que je connais bien ont un visage très sensible. En l'interrogeant avec patience on y trouve trace de tout. Alors que, dans un endroit fréquenté, le passage d'un homme ne signifie rien, il pouvait ici donner matière à des réflexions utiles.

J'étais septième dans la ligne des fourrageurs, c'est-à-dire au centre, comme il se doit. Je voyais à peine les cavaliers placés à dix pas de moi sur la droite et sur la gauche. C'étaient tous d'anciens soldats.

Autant que la neige glacée qui nous aveuglait pouvait me permettre de le supposer, nous devions nous trouver à un quart de lieue de la bergerie déserte appelée la Dragonne, quand mes regards furent attirés par un haillon accroché à un buisson. L'ayant cueilli de la pointe du sabre, j'eus la surprise de constater que c'était un boléro de femme en bon état et avec de jolis boutons.

Je fis rabattre mes hommes sur la Dragonne. La bergerie était étroitement fermée. Autour de la maison, la neige était vierge de pas, ce qui ne signifiait rien, car elle tombait en abondance depuis quatre heures. Je fis respecter la porte. J'avais besoin de savoir si sa fermeture était obtenue par les moyens habituels en usage dans le pays, c'est-à-dire par une grosse barre de bois placée en travers et attachée d'un lacet de cuir. Chaque berger a un art particulier pour nouer ce lacet. C'est plus secret qu'une clef.

Je suis maigre. Je réussis à m'introduire dans la maison en me glissant par une petite fenêtre qui était bouchée d'un sac de paille. On me fit passer mon pistolet et une mèche allumée. De toute évidence, il m'apparut tout de suite que personne n'avait pénétré depuis des mois dans cette bergerie. Le boléro était manifestement celui d'une femme jeune, élégante, je dirais même aristocrate, probablement de petite taille et assez mince.

La barre de fermeture était placée en travers de la porte. Le nœud du lacet de cuir me posa un petit problème. Les bergers qu'on emploie ici sont d'ordinaire sardes. Ils n'ont que des malices paysannes. Ils n'inventent qu'à partir d'une idée très simple. Les nœuds qu'ils font avec leur lacet de cuir ne sont que des variations du nœud marin. Je me suis amusé à ce petit jeu.

Celui que j'avais sous les yeux était d'une autre sorte. C'était le jeu d'un esprit de qualité. J'essayai de comprendre comment ce nœud avait été fait. L'art de tromper y avait été poussé si loin, et par des moyens si personnels, qu'il aurait fallu, pour y voir clair, y consacrer beaucoup plus de temps que je n'en avais. J'étais cependant si intéressé que mon brigadier, inquiet de mon silence, m'appela et que sa voix me fit tressaillir.

Ayant poursuivi notre patrouille jusqu'à Barjaude, dont je n'interrogeai pas les habitants, les laissant sous l'impression de cette brusque apparition de cavaliers muets dans la bourrasque au matin d'un crime, je renvoyai le détachement à la caserne et, suivi de mon ordonnance, je pris à travers bois pour aller sur les lieux mêmes de l'attentat.

On avait tué avec une froide cruauté : d'après la position des cadavres du postillon et du cocher, il était clair qu'ils n'avaient opposé aucune résistance. L'un d'eux s'était couvert le visage avec ses mains et les mêmes chevrotines tirées à bout portant avaient broyé ses mains et son visage.

L'Italienne transportait, cette nuit-là, en plus des fonds des messageries, la caisse du payeur général escortée par un convoyeur fourni par la gendarmerie maritime de Marseille. Ce soldat, haché de coups de couteau, avait en outre la tête écrasée sous trois énormes pierres.

Cet acharnement prêtait matière à réflexion.

Il est rare que dans une opération de ce genre on cherche autre chose que de l'argent. Aussi bien sur cette voie de communication internationale que sur les routes secondaires de la région, les attaques de voitures publiques s'étaient multipliées depuis deux ans, mais on ne se trouvait jamais devant un massacre pareil. Malgré les trois morts de la voiture de Rians en août 1831 (ils avaient été d'ailleurs expédiés proprement d'un seul coup de pistolet chacun) et évidemment l'assassinat du maquignon de Tourves (en partie assassinat conjugal), il avait surtout été question d'emporter la caisse. Il y avait ici un peu plus.

Mon colonel était là ; j'allai le saluer.

« Qu'en pensez-vous, Martial ? me dit-il.

— On dirait qu'on s'est bien amusé », lui répondis-je.

Il avait l'air mal en point, travaillé par l'estomac. Il est vrai qu'il faisait très froid.

« Je viens de faire emporter les cadavres des trois voyageurs », dit-il.

Il me demanda du tabac et bourra une pipe. Mais il ne semblait pas très sûr d'avoir vraiment envie de fumer. Je posai quelques questions au sujet de ces voyageurs.

« Trois hommes dans la force de l'âge. Vous savez que l'Italienne ne prend que des longs cours. Il semble qu'un des trois allait à Gênes. Les deux autres, chose curieuse, n'avaient pas de coupons de transport. À moins qu'on ait pris soin de les en dépouiller. Alors, on se demanderait pourquoi. J'ai envoyé une estafette à Aix pour aller voir ce qu'il y a sur les registres de départ concernant ces deux paroissiens. Vous avez, comme moi, l'impression que ça se gâte, hein ?

— Avait-on pris les précautions d'usage pour le transport de la caisse royale ?

— Je n'en sais rien. Je suis là depuis cinq heures du matin et je vous fous mon billet qu'il m'a fallu penser à des choses plus terre à terre. Vous avez de la chance que ça ne se soit pas passé dans votre rayon, mais moi je n'en ai pas. J'ai toujours pensé que Ducreut n'était pas à sa place au commandement de la brigade d'Aix. Il est vieux comme les rues. C'est avec lui qu'il faut que je débrouille ça, et je ne me vois pas blanc. Je suppose qu'on avait pris les précautions, puisque la caisse se trouvait dans l'Italienne, alors qu'en bonne règle elle aurait dû se trouver dans la voiture de Draguignan qui précède l'Italienne d'une heure.

— Ils ont donc laissé passer Draguignan sans y toucher ?

— Pas trace d'embuscade, mon vieux. Il est vrai qu'avec cette saloperie qui n'arrête pas de tomber, on n'est pas foutu de retrouver quoi que ce soit. Savoir si les types étaient déjà en place quand Draguignan est passé ?

— Je suppose qu'ils y étaient, dis-je. Les preuves, à mon avis, ne sont pas nécessaires. Cet endroit est très isolé. Ceux qui ont fait le coup ne peuvent venir que de la montagne Sainte-Baume ou des déserts du côté de Rians. Ça ne se fait pas en cinq minutes.

— Ducreut va gueuler qu'on lui piétine ses plates-bandes mais j'aimerais bien que vous me donniez un petit coup de main, Martial.

— Ducreut veut la croix, mon colonel. »

Nous faisions les cent pas le long de la route pour nous réchauffer.

« Vous voulez dire qu'il va se servir de cette tête écrasée à coups de pierre ? Je ne suis pas tout à fait moisi, Martial. Je reconnais que la vie de caserne... Ma femme donne peut-être trop dans les agréments de société, à cause de ses filles qu'il faut caser. Je reconnais que mon uniforme y joue son petit rôle. Vous avez bien fait de ne pas vous marier, vous, mon vieux. La paix est une drôle d'occupation. Un beau matin et par un froid de canard, on tombe sur une petite boucherie dans le genre de celle-ci, on a des démangeaisons dans le sabre et plus rien pour se gratter. Je suis fort capable d'envoyer paître Ducreut, vous savez, malgré les droits qu'il faut faire valoir.

— J'ai l'œil sur quatre ou cinq particuliers qui habitent des jas dans la montagne, dis-je. Deux au moins viennent de Marseille où l'on a des idées concernant les besoins du peuple. À mon avis, il s'agit ici de tout autre chose. Mais il est certain que le préfet aimerait assez qu'on s'arrange pour tremper ces apôtres dans la sauce de ce matin. Je suis bien persuadé qu'en leur mettant la main au collet on ne risque pas de se tromper, s'il s'agit de placer un nom propre sous les yeux du ministre qui distribue les croix.

— Je vous parle d'homme à homme, me répondit-il. Je voudrais tenir le type qui a bousillé ce soldat. Pour le plaisir, moi aussi. La croix de Ducreut, je m'en balance. Rentrons, ajouta-t-il. Faites-moi un bout de conduite jusqu'au carrefour de la Madeleine. Dites à votre ordonnance de nous suivre hors de portée de voix. »

La neige tombait un peu moins serrée.

J'ai beaucoup d'estime pour Achille, bien qu'il soit mon colonel. Nous ne nous sommes jamais tutoyés. Vers 1805, nous avons passé côte à côte des moments dans lesquels il était très rassurant de savoir qu'on gardait malgré tout un peu de bonne éducation. Je ne suis pas soldat de métier.

« Qu'est-ce que vous avez là, pendu à votre selle ? » me dit-il.

C'était le boléro de femme que j'avais ramassé sur la lande.

Achille ne connaissait pas le pays du côté de Barjaude. Je lui en fis une description, tout en lui expliquant les circonstances qui avaient mis cette petite veste entre mes mains.

« Croyez-vous qu'elle ait un rapport avec ce qui nous occupe ?

— Je ne sais pas.

— Vous avez une idée derrière la tête ?

— Pas le moins du monde ! Qui a perdu ce vêtement dans un des coins les plus écartés de la lande ? Voilà la question. Il n'était où je l'ai trouvé que depuis quelques heures ; à peine givré.

— Montrez-moi ça, Martial, je m'y connais en fanfreluches : c'en est plein à la maison.

« J'ai vu de ces machins-là à mes filles, ajouta-t-il en me rendant le boléro. Mais par un temps comme aujourd'hui, d'abord ça ne se met pas ; et, si ça se met, c'est sous un manteau. Je ne comprends pas comment ça aurait pu rester accroché à un buisson. Enfin, vous ne voyez tout de même pas une amazone en poult-de-soie...

— Pourquoi une amazone, mon colonel ?

— Vous avez donc une idée ?

— Regardez où j'ai mis ce boléro quand je l'ai trouvé : je l'ai placé dans cette courroie. Admettez que je traverse la lande une heure après le massacre. Mon cheval frôle un genévrier. Le vêtement y restera accroché, et à la hauteur où il était quand je l'ai cueilli. Il faudrait savoir qu'il n'y avait bien que trois voyageurs dans l'Italienne. S'il n'y avait pas une femme.

— Ça nous mène loin.

— On est déjà assez loin des attaques de voitures publiques dont nous avons l'habitude.

— Je vous ferai tenir le renseignement. »

Il arrêta brusquement son cheval, je fis de même.
« Ça n'a pas de sens, dit-il.

— Non.

— Passez-moi encore un peu l'objet.

— Voulez-vous le conserver, mon colonel ?

— Non. C'est pour me faire une opinion. Petite
femme, dit-il. Sans doute jolie. Avez-vous eu la curiosité de renifler ça ? Il reste un peu de parfum. »

Nous nous séparâmes au carrefour. Il prit le
galop vers Aix. Je sifflai mon ordonnance et je rentrai à Saint-Pons.

CHAPITRE II

L'ordonnance avait allumé du feu chez moi. Je
pris du café. La neige continuait à tomber. Il était
presque midi quand le planton vint m'annoncer le
marquis de Saint-Pons. Je n'entretenais avec le château que des relations de bon voisinage, sans plus.

Le marquis (légitimiste peu dangereux) était
effrayé. Au point de faire quelques frais. Je le fis
asseoir. Il n'eut pas l'esprit d'en être étonné. Il
semblait vouloir parler de pair à compagnon. Il
désirait être renseigné sur l'attentat. Je me bornai
à une énumération des cadavres, une description
de leur état. Il voulait plus. Il n'obtint rien d'autre.

« Connaissez-vous M. de Memet ? dit-il comme
je le raccompagnais.

— Non.

— C'est un homme charmant, dit-il, très bien en cour, ami intime du préfet de Marseille. Il était chez nous hier soir. Il a couché au château. Nous avons parlé, lui et moi, fort avant dans la nuit. Qui nous aurait dit qu'à ce moment-là précisément... ? »

Je lui répondis que la vie était en effet une source de coïncidences curieuses.

Après avoir déjeuné, je m'aperçus qu'Achille avait mis mon tabac dans sa poche. Je sortis pour en acheter. Pendant qu'on me le pesait, j'allai jeter un coup d'œil sur la salle du cabaret. Malgré le mauvais temps, elle était presque vide. Seul, un homme cassait la croûte près du poêle. Sa physionomie ne m'était pas inconnue.

« Qui est ce particulier ? demandai-je à la buraliste.

— Vous ne connaissez que lui, monsieur Martial, me répondit-elle. C'est ce gros père de Pourcieux. Il vend du fil et des aiguilles dans les fermes, avec sa boîte.

— Donnez-moi un café. »

Je portai ma tasse brûlante sur la table à côté du colporteur.

« Sale histoire, mon capitaine », me dit-il d'emblée.

Je bourrai une pipe.

Il était parti (prétendait-il) de Pourcieux à l'aube et il avait appris la nouvelle en arrivant ici. Je lui fis remarquer que la température n'était guère favorable à son commerce.

« L'embêtant, dit-il, c'est qu'on mange chaque jour. D'ailleurs, il y a du pour et du contre. Ce n'est pas rigolo de se balader dans la nature par un temps pareil, mais je suis sûr de trouver les clients à la maison. Le moins drôle c'est que j'ai toujours (forcément) de l'argent sur moi et qu'on le sait. Un mauvais coup est vite attrapé. Il n'y a pas de quoi rire si on se met à ne plus faire quartier.

— En principe, lui dis-je, aujourd'hui vous ne devez rien risquer. Il va y avoir des gendarmes dans tous les coins ce soir. »

Je mis ma pièce de deux sous sous sur la table.

« Je vais de votre côté, dit-il, attendez-moi. »

Et il chargea sa boîte.

Nous fîmes quelques pas en silence. La neige ne tombait plus. Un peu de vent se levait. Il gelait.

« Je donne ma langue au chat, dit-il. Vous n'êtes pas tombé de la dernière pluie et vous savez bien qu'on connaît beaucoup de choses. Les mêmes que vous connaissez. Si je me fais tabasser dans un coin, je vous fiche mon billet que je sais par qui. Et vous aussi. Mais là...

— Ce sont peut-être les mêmes, mais, cette fois, ils avaient mal aux dents.

— Drôle de mal aux dents, dit-il. Je ne crois pas qu'ils aient de ces dents-là. »

En arrivant devant chez moi, je lui dis :

« Entrez cinq minutes, vous allez peut-être me rendre un service. »

Je lui montrai le boléro.

« Pourriez-vous me procurer des boutons comme ceux-là ? C'est pour ma sœur. » (J'insistai sur le mot sœur.)

Il mit ses lunettes et il regarda les boutons.

« Ils sont en argent, dit-il. C'est pas mon genre. Ça va chercher lourd, les bibelots en argent ; il ne faut pas se moucher du coude. J'ai peur que vous ne trouviez pas ça par ici, mon capitaine. Règle générale : des boutons à figure, avec cette tête de biche, ça vient de Lyon ; et comptez au moins un louis les six. »

Nous jouions la comédie. Je sais que les colporteurs, qui sont tout le temps sur les routes et par les chemins, ne pourraient pas exercer leur métier en paix s'ils n'étaient pas de mèche avec les bandes qui dépouillent les voyageurs. Ils sont obligés de leur rendre quelques services, moyennant quoi ils ont un passeport. Et le gros père de Pourcieux savait que je le savais. Sans doute ne s'était-il mis en chemin que par ordre et pour venir me dire ce qu'il me disait, c'est-à-dire : « Nous n'avons pas mangé de ce pain-là. » Les cinq cadavres de Mauvais-Pas avaient l'air d'être une épine dans beaucoup de pieds.

C'est en connaissance de cause que j'avais montré le boléro.

Le bonhomme se demanda si ce boléro était du lard ou du cochon. Il fut néanmoins très visible que dans toutes les suppositions qui lui passaient par la tête à ce sujet, aucune ne rattachait l'objet aux événements de la nuit. Il ne m'aurait pas cru si je lui avais dit l'avoir trouvé ce matin, du côté de Barjaude. Pour lui, j'avais une bonne amie.

Je retournai à la caserne. L'homme de Pourcieux s'en alla. Je le vis prendre la direction de Trets puis, loin dans les champs, faire un détour et revenir sur ses pas. Il allait rendre compte. J'étais de son avis : ses patrons n'avaient pas les dents assez longues.

Il faisait nuit quand le poste de garde cria : « Aux armes ! » Le porte-falot haussa sa lanterne. Un cavalier en grand manteau noir entrait dans la cour. C'était Achille.

« Allons chez vous », me dit-il.

Je fis partir une patrouille sous les ordres du maréchal des logis, avec mission de battre au pas les contreforts du mont Aurélien jusqu'au village de Rougier, c'est-à-dire tout le vallon par lequel on accède à Barjaude et à la Dragonne. J'avais attendu la nuit qui énerve les hommes et les rend attentifs. Consigne : faire le boulot en silence ; se diriger sur toutes les lumières ; frapper aux portes isolées ; se faire ouvrir, à la rigueur ouvrir soi-même, mais ne pas interroger, ne pas prononcer un mot ; se montrer, regarder les gens en face, se détourner et disparaître. Je crois à la vertu de l'homme *à cheval*, mais il faut qu'il reste muet. S'il prononce un mot, c'est comme s'il mettait pied à terre.

« Pas de femme dans la voiture, me dit Achille. Trois voyageurs. Ceux dont on a retrouvé les cadavres. Les deux qui n'avaient pas de coupons de voyage étaient en situation irrégulière, en ce sens qu'ayant manqué la voiture de Draguignan, ils ont donné la pièce au postillon et au cocher pour être transportés jusqu'au Luc par l'Italienne qui, régulièrement, ne pouvait pas les prendre, puisqu'il faut au moins aller jusqu'à Nice pour avoir le droit d'être transporté par la malle internationale. Cette entorse au règlement se pratique, paraît-il, couramment.

« Quant à la caisse du payeur, elle n'était dans la chambre forte des Messageries qu'à huit heures du soir. L'Italienne part à dix heures. Le capitaine Forcade et le lieutenant Brigou du 2e cuirassiers, tous les deux en civil, ont monté la garde jusqu'au moment où elle a été placée dans la soute à bagages. Ce que nous avons pris pour le soldat convoyeur assassiné est le lieutenant Brigou. Lui et Forcade ont été choisis pour cette mission de confiance (je vous expliquerai tout à l'heure) parce qu'ils sont tous les deux champions interescadrons de boxe et de savate. D'ailleurs, deux hercules. Forcade ne devait doubler son subordonné que dans les locaux des messageries ; Brigou accompagnait la caisse jusqu'à destination, c'est-à-dire Le Muy où une prolonge d'artillerie attendait pour filer à Draguignan sous bonne escorte.

« Vous me suivez ? Brigou convoyeur ; Forcade chef de mission, avec un ordre de réquisition en blanc, libre de choisir son transporteur. Impossible de prévoir qu'il allait choisir l'Italienne. J'ai vu Forcade. Il s'est décidé à la dernière minute. Même mieux. Il se savait tellement dans un travail délicat qu'il a attendu que la voiture démarre. C'est lui-même qui a arrêté les chevaux par la bride et prétexté une vérification. Brigou est monté pendant le palabre.

« Maintenant, attention ! La caisse du payeur était vide ! Ou à peu près : cinquante louis et des bordereaux comptables. J'ai vu le procureur royal. Je suis autorisé à vous dire que le lieutenant Brigou portait quelque chose sur lui, entre la chemise et la peau. Quoi ? Je ne sais pas. Nous le saurons. Il portait quelque chose qui n'était pas destiné à Draguignan ; qui, de la préfecture de Draguignan, devait partir pour je ne sais où, y faire je ne sais quoi. J'ai eu beau dire que nous cherchons volontiers, et que parfois nous trouvons, quand on nous dit ce que nous devons chercher. On m'a répondu : "Tant pis, ne trouvez rien s'il le faut, mais motus !" Ce silence doit vous plaire.

— Pas de femmes dans la vie de Forcade et de Brigou ?

— Champions interescadrons ; ça ne va pas avec les femmes. Enfin, on verra.

— Elle n'aurait pas pu monter en route, du côté de Châteauneuf ou de Meyreuil ?

— Vous êtes comme tous les célibataires. Non, l'Italienne prend son galop dès la sortie d'Aix et ne le quitte plus jusqu'au relais de Saint-Maximin. Vous connaissez comme moi la difficulté qu'il y a à lancer quatre gros brasseurs à vitesse utile pour ces voitures qui font la poste internationale. Je parle à l'homme de cheval. Croyez-vous que le cocher se romprait les bras pour ramasser une femme au bord de la route ? C'était la nuit et il neigeait. »

Nous regardâmes le boléro.

« Une petite femme, presque une fillette, dis-je. Les gros types qui conduisent à pleins bras les

lourdes voitures sont généralement des tendres.
Le fait qu'il neigeait ne me gêne pas, au contraire.
La nuit, par contre, ajoutai-je... mais la fillette
pouvait avoir une lanterne à ses pieds. Si elle faisait signe, qui passerait avec indifférence ?

— Relativement facile à vérifier, dit-il. Chargez-
vous de ça demain. Vos déductions actuelles ne
s'accordent cependant pas avec votre démonstration de ce matin. Admettons votre fillette à la lanterne. Comment fait-elle ensuite pour perdre son
boléro dans la lande, à trois lieues, m'avez-vous dit,
de l'endroit où l'Italienne a été attaquée ? Je ne dis
pas : comment fait-elle pour parcourir ces trois
lieues ? (quoique ce soit déjà assez coton à expliquer), mais comment fait-elle pour laisser son
boléro accroché au genévrier ? Sacrebleu ! J'ai peur
que vous imaginiez les femmes autrement qu'elles
ne sont, Martial. Ces animaux craignent le froid !
Vous ne voyez pas deux sous de bonne femme — car
c'est à peine deux sous de bonne femme qui peut se
fourrer dans un machin de ce gabarit — en train de
se balader en pleine nuit, en pleine bourrasque de
neige, dans des endroits où Lucifer aurait la
pétoche. Ou alors quoi ? Car ce truc-là, Martial, c'est
un costume de boudoir. Elles se foutent ces gilets
bretons sur le colback quand elles sont bien au
chaud, dans des plumes et des coussins.

— J'avoue que je ne comprends pas, moi non
plus, répondis-je. Mais, tournez-le comme vous vou-
drez, le fait est là : j'ai trouvé ce vêtement de femme
ce matin et où je vous ai dit. Il a bien fallu que

quelqu'un le perde à cet endroit-là, puisque je l'y ai trouvé. Je ne crois pas à l'opération du Saint-Esprit.

— Si nous étions malins, dit-il, nous foutrions ce truc-là dans le feu.

— À vos ordres.

— Voulez-vous lâcher ça, dit-il. Vous savez bien que nous ne sommes pas malins. »

Nous restâmes un moment en silence.

« Je me fiche, dit-il, de leurs documents en papier pelure. Mais je n'encaisse pas ce pauvre Brigou écrabouillé au point que j'ai pris son cadavre pour celui d'un péquenot.

« Vous ne savez pas pourquoi je viens passer la soirée avec vous ? Il y a eu un conseil de guerre, assez époustouflant. Un grand type maigre, taillé en sifflet, émanant de Marseille, genre pète-sec, nourri dans le sérail, manifestement parisien, qui devait sans doute veiller au grain et qu'on nous sort au moment précis où les affaires se gâtent ; un autre pékin envoyé de Digne, qui sent sa police d'État à trois lieues : ces messieurs, intronisés patrons, ont présidé la séance. Il y avait là Ducreut, Barrière, le procureur royal ès qualités, moi, et du fretin, la bouche en cul-de-poule. Total : Ducreut aura sa croix, promis, juré, inscrit noir sur blanc ; condition *sine qua non* : noyer le poisson. Le faux Marseillais a poussé l'insolence jusqu'à suggérer à Ducreut quelques initiatives idiotes. Il s'est vite aperçu qu'en fait de couillonnades Ducreut n'avait besoin des conseils de personne. Le Dignois et le Marseillais se sont alors consultés dans un petit aparté, après avoir dit, mais il fallait voir de quel ton : "Vous permettez, messieurs ?" Tu parles, si je permettais ! Je me demande ce que nous avions à permettre ou à ne pas permettre. On nous avait fourré sous le nez, en commencement de séance, des lettres de l'Intérieur qui donnaient à ces messieurs pleins pouvoirs sur carte blanche. Alors, ne vous gênez pas, mes enfants, vous auriez tort. Conclusions de l'aparté : Ducreut, sacré grand homme, chargé de l'enquête, avec pouvoirs étendus, je dirai même discrétionnaires, s'il ne devait pas soigneusement monter aux ordres deux fois par jour. D'une petite conversation surprise entre deux portes, il résulte que le Dignois et le Marseillais comptent pouvoir rentrer dans leurs pénates au plus tard samedi prochain. Ils estiment que d'ici là, Ducreut aura embrouillé l'affaire au point qu'une chatte n'y retrouvera jamais plus ses petits. C'est beau, les secrets d'État !

— La solution du problème est dans ce que vous appelez un gilet breton, répondis-je.

— Obnubilé par un vêtement de femme, hein, Martial ? Je me demande si c'est bien prudent de m'associer à un célibataire. Ces gens-là n'ont qu'une idée. Je donnerais bien deux mois de solde (à condition de pouvoir les soutirer à Mme la colonelle) pour savoir comment ce machin-là est allé échouer en plein bled. N'oubliez pas que nos oreilles sont bonnes comme la romaine pour être fendues si nous mettons dans le mille. Ces messieurs nous ont prévenus : foutre la paix à Ducreut.

— À supposer qu'il y ait une liaison entre ma trouvaille et l'assassinat, dis-je, j'ai bien réfléchi à la chose ; ce boléro n'était pas sur le corps d'une femme ; il était pendu à l'arçon d'une selle. C'est ce qui m'est venu tout de suite à l'esprit ce matin, je vous l'ai dit. J'ai beau y réfléchir, je ne vois pas d'autre explication. Jusqu'à présent, je ne voyais pas non plus le rapport entre l'attaque de l'Italienne et cette fantaisie. Je ne veux pas dire que maintenant je le vois, mais s'il ne s'agit pas d'un simple vol de monnaie, s'il s'agit de documents secrets, les gens qui s'intéressent aux documents secrets, ou que les documents secrets intéressent, sont généralement taillés sur un patron qui permet des quantités de gestes bizarres. Ça n'est pas gras, mais on a peut-être fait un pas.

— Un pas vers un savonnage de gueule de première bourre, répondit-il. Tout ça est bien joli, mais vous faites celui qui ne veut pas comprendre. Mettons les points sur les *i*. Qu'est-ce qu'on m'a dit clairement ? C'est : "Mettez vos pantoufles et restez au coin du feu." Qu'est-ce que je vous répète ? Exactement la même chose. Ce n'est pas parce que je commence à m'attendrir devant du sang répandu sous des pierres qu'il faut que vous soyez victime de ma vieillesse. Fort possible que vous ayez ces jours-ci la visite de ces messieurs de la police secrète. Ils ne vous mâcheront pas les mots. Chacun pour soi, Martial. D'autant que moi, tout compte fait, je ne suis pas bien terrible. Je ne vais pas fourrer de gros bâtons dans les roues de Ducreut. On ne se fait pas une âme de Scipion aux bals de la préfecture. Le temps est passé où Marthe filait. Qu'est-ce que je fabrique au plus fort de ma colère ? Je viens passer une soirée avec vous. À mon âge, on se décharge le cœur facilement. Dans huit jours ça m'aura passé. J'ai mis de l'eau dans mon vin, Martial. Il ne faut rien faire pour moi. J'ai l'habitude. Est-ce que vous aurez un coin pour que je puisse un peu fermer l'œil ?

— La moitié de mon lit, mon colonel, comme sur les pontons.

— Finalement, c'était le bon temps, dit-il. On s'imaginait qu'il n'y avait qu'à piquer une tête par le hublot pour être libre. »

J'avais oublié de lui parler du nœud secret qui fermait le portail de la Dragonne. Je réparai cet oubli.

« Vous êtes le mulet le plus obstiné que je connaisse, me dit-il. Faites-moi casser la croûte et je vous donne l'absolution. »

En cette saison, j'ai toujours du gibier. Il me restait une grosse platée de civet de lièvre qui est meilleur réchauffé.

Je mis la marmite dans les cendres.

Nous parlâmes du passé.

CHAPITRE III

Achille s'en alla à six heures du matin. Il était redevenu très colonel. Pour moi, rien ne pressait. Le jour ne se lève qu'à sept heures. La lumière met un temps infini à monter. Pendant que mon café passait, j'allai regarder à travers les vitres. Le ciel était toujours noir comme de l'encre.

J'aime ces heures qui suivent le réveil. C'est le moment où l'on « tire des plans sur la comète » comme disait mon père. J'étais en train d'en tirer vaguement sur la façon d'employer ma journée.

Je n'avais pas connu le lieutenant Brigou. Achille m'avait dit que ç'avait été un garçon d'avenir. Mais j'ai sur l'avenir du soldat des idées personnelles. Ce qui l'attend *de mieux* à mon avis, c'est la mort. Brigou avait cherché et trouvé. Il ne me restait qu'à faire de même. Ce n'est pas que je sois un héros. Je ne les aime guère et je m'arrange fort bien de la vie ordinaire. Mais le travail bien fait est encore ce que j'ai de mieux pour me distraire.

Il ne neigeait plus mais le ciel bas, sous lequel maintenant commençait à suinter une lueur blême, restait noir et lourd. Les bruits de la caserne, habituellement fort gais — surtout les petits coups de trompette de la relève de la garde — frappaient un air sans échos. Tout annonçait le mauvais temps.

Je m'habillai en civil : culotte de bure, bottes à la navarraise, gilet de peau d'agneau, poil en dedans. J'enfilai par-dessus ma veste de chasse fourrée qui a de grandes poches. Si j'ai mes idées sur l'avenir du soldat, j'ai également mes idées sur l'art de charger les pistolets. J'ai toutes sortes de ces petites armes et notamment deux à canon court, bien en main, qui font merveille avec mon procédé de charge. J'en ai un autre à canon long qui accepte la chevrotine et sur lequel je peux absolument compter jusqu'à vingt pas. Ils sont, bien entendu, en parfait état, graissés et entretenus par mon ordonnance qui adore s'occuper de ces jolis *porte-respect*. Je passe au surplus, moi-même, la revue de mes armes chaque jour.

Toutefois, pour laisser le moins possible au hasard, j'allai les essayer tous les trois dans un champ, sur un couvercle de barrique. J'ai une très bonne main. Ce matin, elle était excellente. Après le troisième coup (celui du canon long), je vins voir les résultats. J'avais touché deux fois la mouche avec mes balles et mes chevrotines finales s'étaient enfoncées d'un bon centimètre dans le vieux bois de chêne, épais de trois doigts.

Ces vérifications ne sont jamais inutiles. Elles m'avaient permis de constater qu'un des deux pistolets avait la gâchette sensible, un peu coquette. Je rechargeai et je mis cette arme-là dans la poche gauche de ma veste ; celle à la gâchette franche, dans la poche droite ; quant au canon long, je l'enfonçai dans l'entrebâil de mon gilet. Sa crosse dissimulée sous mon foulard me faisait un agréable jabot.

J'allai au poste de garde. Il était en émoi à cause des coups de pistolet. Je leur dis que j'avais vérifié ma poudre, ce qui, en un sens, était vrai. Le maréchal des logis avait reconnu la détonation de mes armes. Il cligna de l'œil. Je le pris à part.

« Barjaude, lui dis-je dans le tuyau de l'oreille, si à la nuit je ne suis pas rentré, prends quinze hommes comme hier sous ton commandement, boucle le village et attends le matin. Si, au matin, tu ne me vois pas, rentre sans faire de pétard. Fais seulement un petit tour par la Dragonne. Et muets comme des carpes. Je ne suis pas en service commandé.

— Est-ce que je ne pourrais pas, moi aussi, ne pas être en service commandé ? me dit-il en reclignant de l'œil.

— Non, dis-je, quand je vais voir une femme. »

Son œil cessa de clignoter. (J'aime les petites vulgarités à la veille de l'action.)

J'avais besoin d'un cheval aux ressorts exacts (comme mes pistolets). Celui que j'avais monté la veille un peu fatigué de la longue trotte, je choisis Ariane, une jument noire qui m'avait souvent donné de grandes satisfactions. Cette bête me comprend. Au surplus, sa robe (on ne pouvait rien imaginer de plus tranchant sur la neige) convenait à mes desseins.

Je voulais être très apparent et me faire voir de loin. Il fallait courir le risque d'être pris pour cible. Mon plan ne pouvait réussir qu'à condition d'en déranger d'autres.

Bien entendu, j'avais fourré le boléro dans ma contre-poche.

Quelques poussières de neige commençaient à voltiger quand j'arrivai à la grand-route. Il pouvait être dans les huit heures du matin. Le jour était sombre, aux lisières de la nuit et il était certain qu'il ne s'éclaircirait pas.

J'étais seul. Le calme absolu qui précède les lourdes chutes de neige m'environnait étroitement. Aussi loin que mes yeux pouvaient voir, j'apercevais autour de moi des landes désertes dont l'aspect renouvelé par la neige m'était parfaitement étranger. Les lointains étaient de ce bleu sombre un peu funèbre que prend la mer sur de grands fonds.

Quand la solitude a ce visage, mon âme est en paix. Pour si paradoxal que soit mon sentiment, étant donné mon état, je déteste la loi. Je n'ai d'appétit que pour les lois qui sortent en éclair du sein même des événements. Il serait trop long d'expliquer à la suite de quelles expériences j'en suis arrivé à construire mon bonheur avec ces matériaux.

Je pris donc carrément du plaisir.

J'arrivai à Mauvais-Pas sans rencontrer personne. J'avais l'impression que, si le boléro avait un rapport quelconque avec l'affaire, quelque chose devait bouger dans ces parages. Mais non. Le grésil dur, qui tombait un peu plus serré, était en train de blanchir les empreintes qu'avaient laissées les cadavres...

Je restai un long moment immobile sous un pin. Sans le bruit de la jument qui mâchouillait son mors, le monde lui-même aurait sombré dans le silence et je n'aurais pas eu autant de plaisir à me savoir seul juge.

Ayant tiré ma montre et noté l'heure, je pris la direction de la Dragonne. Malgré la côte de Mauvais-Pas, la grand-route circule dans des fonds boisés. À mesure que je montais vers les landes, la végétation s'abaissait autour de moi. Bientôt, du haut de ma selle, je pus dominer une vaste étendue de genévriers et de buis couverts de glace.

Mes vêtements sombres, ma jument noire, devaient être visibles de très loin. Un corbeau se dirigeait vers Saint-Pons. Je le regardais voler sur un pays que j'aurais bien aimé voir de haut comme lui. Il s'éloignait au-dessus d'étendues qui portaient, écrite, la solution du problème.

Je me tenais à l'écart du chemin normal qui mène à la Dragonne pour ne pas brouiller les pistes. Je suivais une route parallèle, en faisant des vœux pour que le froid se maintienne cassant. J'avais besoin de lire les traces laissées ce matin même dans la neige. La position du corbeau était idéale. Il pouvait tout voir sans rien détruire.

J'allais au pas, examinant soigneusement le terrain. Je m'approchai de la Dragonne, assez près pour voir tout de suite qu'on avait de nouveau bouché avec le sac de paille la fenêtre par laquelle, la veille, je m'étais glissé.

En croisant un peu au large de la bergerie, je remarquai aussi les empreintes laissées par un cavalier seul qui m'avait précédé d'une heure à peine, à en juger par la légère couche de grésil qui les blanchissait. Je mis pied à terre. Je surveillais en même temps la Dragonne du coin de l'œil. À part la fenêtre bouchée par le sac de paille, elle avait encore une lucarne ronde, bien ouverte au-dessus de la porte. De là, quelqu'un de décidé et qui pouvait se croire pris au piège avait toute facilité pour m'ajuster. Je pris soin de faciliter les choses et me découvrir de face pour être une bonne cible.

J'attendis avec impatience un coup de fusil. Il ne vint pas. J'avais l'impression de jouer le jeu comme il faut.

J'ai l'œil vif. Je vis luire un reflet furtif dans la lucarne. Je repris espoir. J'étais à dix pas : bonne distance ; on était sûr de ne pas me manquer ; je me tins immobile ; je ne pouvais faire plus.

L'important pour moi était de savoir si j'avais vraiment un adversaire, ou si je me promenais inutilement comme un bourgeois (ce dont je me serais bien passé par un aussi mauvais temps). Un coup de fusil bien ajusté me donnait tous les atouts, surtout celui d'avoir en face de moi un être en chair et en os à la place de suppositions gratuites. Une fois abattu, je n'avais plus à m'occuper que de faits précis, pour l'utilisation desquels j'étais précisément armé.

Je proposai donc franchement à mon adversaire une nouvelle occasion de jouir. Je ne pensais pas que certaines âmes savantes ne se le permettent qu'aux rares occasions où l'esprit est subitement d'accord avec le corps.

Malgré tout mon désir d'entrer en jeu, j'évitai le ridicule d'exhiber le boléro. L'eussé-je fait, qu'une telle naïveté de ma part m'aurait poussé, l'instant d'après, à me mépriser et à rentrer aussitôt chez moi. Le personnage qui se trouvait dans la bergerie (j'étais de plus en plus certain que quelqu'un, embusqué derrière ces murs, suivait tous mes faits et gestes — j'en sentais la chaleur comme en appro-

chant des murs d'une forge) était manifestement
de taille à tout comprendre à demi-mot. Je ne suis
moi-même jamais aussi heureux que lorsque j'éco-
nomise les moyens ; la moindre résistance de ma
part me déconsidérerait.

Je me remis en selle et, tournant bride, je me
dirigeai lentement du côté de Barjaude. Toutefois,
ayant trouvé sur une légère éminence l'abri d'une
yeuse isolée à travers les branches de laquelle je
pouvais, moi aussi, voir sans être vu, je fis sentinelle.
J'étais à quatre ou cinq cents pas de la Dragonne.
La configuration du terrain pouvait laisser supposer qu'ayant pris le chemin du vallon j'avais
continué ma route. Pied à terre, j'ouvris ma veste
de fourrure et, attirant tendrement sur ma poitrine
la tête de la jument, je lui réchauffai les naseaux. La
bête se tint si tranquille qu'un vol de grives s'abattit
sur l'arbre qui nous abritait et y resta.

Le grésil sec, qui n'avait cessé de voltiger sous le
ciel noir, s'était épaissi. Le mauvais temps, sûr de
lui, ne se pressait pas. Le froid était moins vif. Les
flocons commençaient à tomber plus pressés.

Néanmoins, il était encore très facile de surveiller la bergerie, alors que, à l'intérieur, il était
impossible de me surveiller.

Je restai en faction plus de deux heures. La
patience est mon fort. La jument s'était endormie.
La neige tombait épaisse. C'est maintenant que
j'aurais aimé être corbeau, pour qu'il me soit
donné d'aller voir à quelle sorte d'être vivant
j'avais affaire. Il avait l'intelligence de s'accorder

au monde le plus pur, au point de n'y laisser aucune trace, malgré le massacre de Mauvais-Pas, ou peut-être en raison même de l'esprit qui s'était réjoui à ce massacre.

Il ne faut jamais sous-estimer un adversaire. Celui-ci me contraignait à être parfaitement inutile.

Je repris ma route vers Barjaude.

J'avais faim.

CHAPITRE IV

Le village de Barjaude est constitué par six feux isolés dans un vallon au milieu de la lande. Les maisons alignées de chaque côté d'un chemin de terre sont, pour la plupart, d'énormes granges et écuries. Il n'y a ni église ni clocher. En 1802, le curé de Trets, à la suite de nombreux sermons sur la responsabilité des nantis, recueillit une certaine somme d'argent destinée à donner un peu plus de religion aux âmes abandonnées. Cet argent fut consacré à élever un calvaire à Barjaude. Les croix furent brisées quelques jours après. Le curé de Trets expliqua à ses ouailles que le symbole de la croix exigeait un minimum de civilisation pour être compris. Il proposa une nouvelle souscription, à l'aide de laquelle on érigea cette fois à Barjaude, sur un petit talus, une statue en zinc de trois mètres de haut représentant la Vierge, les bras ouverts, dans un geste d'accueil et d'amour.

Cette représentation des sentiments élevés fut mieux acceptée, l'ouvrier qui avait moulé les traits de la Vierge s'étant inspiré du visage de sa femme qui était de Toulon. Barjaude adopta cette image familière. La statue fut appelée la Mounine, ce qui signifie la Guenon, mais avec une intention tendre. La statue avait un attrait supplémentaire : elle était creuse, le vent la faisait bourdonner, la pluie la faisait sonner. Une nouveauté, quelle qu'elle soit, est pain bénit en ce bas monde.

Pendant les guerres de l'Empire, ce hameau a été une citadelle de réfractaires. Lors du transport de l'Empereur à l'île d'Elbe, les hommes de Barjaude en état de porter les armes sont allés s'embusquer le long de la grand-route pour attendre la calèche. On dit que parmi eux il y avait un enfant de dix ans avec un couteau de boucher. Il resta si longtemps tapi dans les herbes, comme un renard, que les gens de Trets furent obligés de le chasser à coups de pierres.

Les énormes granges servent à la contrebande. Par des chemins scabreux qui circulent dans le mont Aurélien et les précipices de la Sainte-Baume, les gens de Barjaude sont en communication avec des criques et des petits ports de la côte. C'est ainsi que le choléra est entré en France, dans des tapis venus de Smyrne et transportés à dos de mulet à travers la montagne.

La neige tombait maintenant, rapide et serrée, partie pour tomber toute la journée. J'entrevis à peine les murs du village et j'eus les plus grandes difficultés pour trouver l'entrée de la rue. La Vierge du curé de Trets était parfaitement muette.

Muettes aussi les maisons : portes barricadées, volets tirés. Je ne faisais moi-même pas plus de bruit qu'un chat. Je m'aimais beaucoup. Un seul regret : couverts nous-mêmes de neige, ma jument et moi devions paraître gris et fantomatiques sous le voile des flocons. Je perdais un peu de présence. C'est dommage. Je parcourus la longue rue de Barjaude sans voir âme qui vive. Et, quand je dis âme, l'aboi d'un chien aurait éclaté dans ce désert comme le chœur des anges célestes. Enfin, arrivé aux dernières maisons, du côté qui touche aux contreforts mêmes de la montagne, je vis une lueur rousse tacher le rideau de neige épaisse qui dansait devant mes yeux. C'était une fenêtre aux volets ouverts et, derrière cette fenêtre, une lampe.

J'essayai de voir avant d'être vu, mais les carreaux étaient sales et embués. Je mis pied à terre et je frappai à la porte. On vint m'ouvrir sans tarder ou, plus exactement, entrebâiller l'huis. Puis un œil, un coin de front, une aile de cheveux blancs, la bouche cousue d'une vieille femme. Sans la moindre émotion ni frayeur, elle fit son compte avec le fait que j'étais là. On me connaissait comme le loup blanc dans ces parages. J'avais dépeuplé maints foyers au profit de la prison de Toulon.

Je demandai poliment un air de feu et, si possible, un quignon de pain. On me fit entrer sans dire mot. Ce que j'avais pris pour une lampe était

un âtre flambant. Passer du scintillement forcené
de la neige à l'ombre veloutée fouettée de flammes
rousses m'aveugla pendant que je faisais les premiers pas vers la cheminée. C'est ainsi que je me
trouvai nez à nez (si on peut dire, car elle était assise
près du feu et moi debout) avec une jeune femme.
Je vis tout de suite son amazone de beau drap gris,
un visage en fer de lance, un regard paisible. On
croit tout prévoir, on ne prévoit jamais rien.

La femme qui m'avait ouvert était une de ces
vieilles louves de Barjaude. Elle arborait, de façon
fort méprisante pour moi, cent ans de contrebandes
de toutes sortes. La jeune femme, par contre, avait
en plus d'une mise très élégante (notamment une
palatine qui valait sûrement une fortune) une grâce
et une beauté dignes des salons les plus dorés, et elle
était, comme on dit, bien honnête.

Elle me salua gracieusement. Sa voix n'avait pas
encore tout à fait mué (je donnais à peine vingt
ans à cette charmante personne) et contenait néanmoins ce à quoi les hommes un peu rudes ne résis-
tent guère : les tendres sons de gorge des femmes
faites.

Je pris place en face d'elle, à côté du feu. Ce dernier, j'avoue, était le bienvenu. Mon immobilité
de cible devant la grange de la Dragonne m'avait
figé le sang. Je commençais donc à me dégeler. Ce
fut pour être très sensible à la qualité du visage qui
m'était offert.

Nous n'échangeâmes que des phrases banales
sur le froid et la neige. J'en profitai pour examiner
à loisir ce personnage sûrement capable de porter

le boléro que j'avais en poche. Impossible cependant, même avec la meilleure bonne volonté du monde, de trouver la moindre lueur de cruauté dans ces yeux qui me regardaient paisiblement ; sauf la cruauté naturelle qui est l'arme normale de ce sexe et qui provoque à d'autres combats.

La chose évidente était que mon vis-à-vis ne cherchait pas à me tromper : mon sang a beau être chaud, mon sens a l'habitude de rester froid. Il le restait et sans aucune crainte d'erreur je peux affirmer que cette fillette ne se posait aucune question à mon sujet. J'étais à ses yeux un homme quelconque, en quête simplement d'un peu de feu pour se dégourdir.

Sa façon de parler, l'accent de sa voix étaient du pays, avec simplement le pointu que donne la bonne éducation. Or, nul ne pouvait ignorer dans le pays que Barjaude était un repaire de brigands. Et que faisait ici ce jardin des Modes ? On ne pouvait pas ignorer non plus qu'une trentaine d'heures auparavant un massacre assez vilain avait sali la terre pas très loin d'ici.

C'est pourquoi je surveillais très attentivement cette naïveté et cette pureté apparentes. Elles étaient sans défaut. Je me mis à être très prudent.

Barjaude désert m'avait déjà inquiété. Barjaude, comme je l'ai dit, a six feux. Je n'en trouvais qu'un. Qu'étaient en train de faire les gens qui normalement auraient dû se chauffer les fesses auprès des cinq autres, par un temps comme aujourd'hui ?

Je fis ces réflexions et observations bien plus vite que je ne les raconte. En même temps, j'épiais les

bruits de la maison. Les écuries étaient silencieuses.
Où étaient partis les mulets ? La vieille louve avait
quitté ses galoches, je l'entendais marcher pieds
nus, là-haut sur le plancher du grenier qui servait
de chambre. On chuchotait. Ou bien étaient-ce les
pas traînants de la vieille louve dans la paille ?

Les yeux candides (mais fort intelligents) me
regardaient sans me voir, comme ceux de quelqu'un qui rêve en plein bien-être.

La vieille femme était redescendue de son grenier. Je réitérai ma demande d'un quignon de
pain. Elle me le donna : ni de bonne ni de mauvaise grâce, avec une absence totale de grâce. Rien
ne me déroute comme l'amabilité : le contraire
me plaît. Je pris ma voix sèche pour commander
qu'on prenne soin de ma jument.

« Rentre-la à l'écurie, dis-je. Couvre-la. Donne-
lui de l'avoine et du son dans de l'eau tiède. »

Je vais rarement jusqu'à l'insolence. D'ordinaire,
mon impolitesse est assez piquante pour faire sortir
mes ennemis de leurs trous (et de leurs gonds). Je
déteste sabrer mon ombre. Un homme bien élevé y
aurait peut-être mis du préambule, mais j'étais
impatient d'avoir un adversaire. Quand il y aurait
eu, dans les ombres de cette maison, vingt fusils à
me tenir en joue, ma prudence était l'imprudence
et mon atout était de faire parler la poudre.

Je tirai le boléro de ma contre-poche et, de la
même voix sèche que j'avais prise pour commander la vieille louve, je dis à la jeune femme :

« Tenez ! Voilà votre basquine à la cosaque. »

Je ne sais pas si je désignais congrûment l'objet mais je disais ce que je voulais dire.

La réponse m'étonna.

« Ce vêtement s'appelle en réalité un chauffe-cœur », dit-elle.

Je me laissai prendre à faire un mot, je demandai :

« Est-ce suffisant pour un cœur de glace ? »

Les femmes ont l'art de rendre bête.

« Les cœurs ne sont jamais vraiment de glace », dit-elle.

Il me fallut faire effort pour ne pas la suivre dans ses fantaisies romantiques.

Je rappelai mes esprits en pensant à des choses impensables : au meurtre d'un cheval, par exemple. Mais, même sans esprit, je ne suis pas un homme de boudoir (j'ai tout fait pour ne jamais l'être, en plus de mon tempérament qui, je crois, me pousse à être le contraire).

« Nous en avons déjà trop dit et pas assez, répondis-je. Ce vêtement est donc à vous. Il m'est indifférent de savoir s'il fonctionne à bon escient ou non. Cinq hommes sont morts. Pour l'un d'entre eux, on ne s'est pas contenté de le tuer, on lui a écrasé la tête à coups de pierres, et peut-être alors qu'il était encore vivant.

— Peut-être, dit-elle. C'est pourquoi j'ai attiré votre attention sur le fait que les cœurs ne sont jamais vraiment de glace. »

CHAPITRE V

« S'ils pouvaient l'être, poursuivit-elle, il n'y aurait plus de corps à corps. Les combats et l'amour se feraient avec des tables de logarithmes, ou des tables de la loi, si vous préférez. »

J'avalai ma salive.

« Combats, répondis-je. Drôle d'expression pour parler d'un assassinat pur et simple...

— Ne jugez pas, dit-elle. Un esprit non prévenu, s'il était arrivé sur le champ de bataille le lendemain d'Austerlitz (admettons-le chargé de faire les "constatations d'usage"), aurait pu dire aussi "Quel assassinat ! " »

J'avais tout prévu sauf ces propos qui, somme toute, étaient de bonne compagnie. Je n'aime pas avoir affaire aux femmes. Je me suis rompu depuis longtemps à prendre automatiquement en leur présence une attitude polie, à répondre non moins automatiquement de façon très brève, plus souvent par non que par oui. Et j'imagine que la « bonne compagnie » c'est ce que nous faisons : moi me contraignant ; elle aussi.

Son sourire triste m'empêchait de monter sur mes grands chevaux, et, par conséquent, d'être ridicule. Il n'est pas exagéré de dire que je lui en savais gré. Mais je n'étais pas ici pour remercier qui que ce soit.

« Expliquez-vous, dis-je. C'est ce que vous désirez, je suppose. J'ai le temps.

—Je vais vous parler, dit-elle, un langage qui laisse supposer une grande sécurité. Précisons qu'il s'agit d'une sécurité d'âme. Vous êtes armé jusqu'aux dents ; je ne le suis pas. Nous sommes seuls dans ce hameau, seuls dans cette maison, à part la vieille dame. »

Ce mot me fut agréable. Je savais en effet que la vieille louve était une dame, et même une grande.

« Je n'ai d'habileté que pour un train-train ménager, poursuivit-elle. J'admets volontiers, si vous voulez, que la conversation actuelle est un des soins que je dois donner à mon ménage. Il en est d'autres du même ordre. Je ne vous le dissimule pas. Mais vous êtes sûrement plus prompt que moi à sortir un pistolet de vos poches. S'il s'agit donc de régler notre différend par la force, vous êtes maître de le faire à votre gré. »

Elle attendit ma réponse.

« Je veux en savoir plus, dis-je.

—Non pas plus, dit-elle, mais tout. Et d'abord qu'on vous a choisi. Nous ne pouvions pas nous servir de votre collègue Ducreut dont les réactions nous paraissent être commandées par une cervelle un peu... disons ordinaire. Nous ne désirions pas plus faire rassurer notre cœur par votre colonel qui est un tendre. Une décision de tendresse ne nous apaiserait pas. Nous avions besoin de quelqu'un qui comprenne un certain état d'âme.

—Lequel ?

—Le mien, par exemple, d'abord. Je suis ici pour mourir, de vos mains si cela vous plaît.

L'homme qui m'aime voulait payer en or beaucoup plus pur et c'est parce que je l'aime que je suis ici. »

Elle avait assez de beauté pour parler de l'amour sur ce ton.

« Je ne comprends pas, dis-je, et je n'agis jamais sans comprendre.

— Vous êtes orléaniste... », dit-elle.

Je fis instinctivement un geste de dénégation. Il y a bien longtemps que je ne sais plus pour quelle maison je suis.

« Vous portez en tout cas, d'ordinaire, un uniforme qui est celui de la maison d'Orléans, poursuivit-elle. Nous portons, nous, l'uniforme du roi légitime. Ce roi a été désigné par Dieu ; notre choix est logique ; notre devoir est tout tracé. Nous mourons de soif d'obéir, mais nous refusons d'obéir au premier venu. Et nous lui faisons la guerre. Mais nous perdrions le droit de croire en nous si nous ne respections pas, avant toute chose, les règles de l'honneur. Vous avez vos lois, nous avons les nôtres : elles n'ont rien de commun, sauf sur un point, sans lois, pas de droits. Or, dans le dernier combat, nous avons violé une des plus importantes de ces lois. Le soldat qui portait les papiers secrets s'est défendu comme un lion. Il nous a fait payer cher notre victoire. Quand il a été finalement abattu, un de nos soldats s'est vengé sur lui bassement. Nous ne connaissons pas le coupable ; il ne s'est pas fait connaître. Nous ne pouvons pas nous payer le luxe d'avoir des dettes de cette sorte. Quelqu'un a donc décidé de faire honneur à celle-là à la place du coupable. Celui qui règle a voulu qu'il n'y ait aucun doute sur la valeur de la monnaie que nous offrons. C'est notre chef. Il s'offre lui-même. Il ne s'est réservé que de s'offrir à vous personnellement. (Elle eut un petit sourire gris.) On porte la croix de sa valeur. »

Je montrai par mon silence que ces explications n'étaient pas suffisantes.

« Nous avons donc placé ce pauvre petit chauffe-cœur sous votre nez. Et je suis venue vous attendre.

— Où est celui qui doit payer ? demandai-je.

— Il vous suffira d'ouvrir cette fenêtre et de faire un signe de la main. Deux minutes après, il entrera. Me permettez-vous auparavant de plaider ma cause ? Nous avons accepté par avance votre décision, quelle qu'elle soit. Je vous le répète : le village est vide. Nous vous demandons de juger et de frapper. Nous espérons que vous allez le faire ici, sur-le-champ, avec vos armes.

« L'homme qui va entrer est mon mari. Il a choisi et j'ai choisi qu'il soit tué sous mes yeux. Notre droit est à ce prix. Mais il est beau, je crois, que le droit appartienne à des êtres sensibles. Tuez-moi à la place de mon mari.

« Vous préférez que je me tue moi-même ? ajouta-t-elle gentiment, au bout de mon silence.

— Avez-vous participé à l'attaque ?

— Non.

— Alors, je le préfère lui », répondis-je.

Elle alla ouvrir la fenêtre. Il ne neigeait plus.

CHAPITRE VI

Il ne s'écoula que quelques secondes entre le signe qu'elle fit et le bruit étouffé des chevaux marchant dans la neige ; au moins deux chevaux. J'avais pistolet au poing dans la poche de ma veste. Actuellement, je me méfie des sentiments nobles.

L'homme qui entra était grand, maigre, et portait sa tête romaine comme un louis d'or. Je me souvins de l'avoir vu une fois ou deux dans les rues d'Aix. Il était âgé mais sans aucune lassitude. Même seul à seul, nos champions interescadrons auraient eu affaire à forte partie. Néanmoins, je fis (et je me le reprochai en même temps) les réflexions désobligeantes d'usage quand il échangea avec la jeune femme (qui avait au moins quarante ans de moins que lui) un regard sur la tendresse duquel on ne pouvait pas se tromper.

Il était suivi d'un bon gros rougeaud. Habillé d'une redingote anglaise comme on n'en imagine qu'en rêve, il soutenait ses lourdes joues rondes avec cinq ou six tours d'un foulard de laine aux couleurs éclatantes. Le doigt sur la gâchette, je ne pus m'empêcher de regarder ses bottes : elles valaient au moins six mois de ma solde.

Les deux hommes me saluèrent. Celui qu'en moi-même j'appelais donc *l'Anglais* ajouta à son salut une sorte de gentillesse difficile à définir et qui venait tout entière de ses gros yeux bleus.

Ils restèrent debout. Comme je ne voulais pas les faire asseoir, je me dressai. Je n'aime pas humilier. Ils y furent sensibles.

« À qui ai-je affaire ? demandai-je.

— À moi, répondit le Romain.

— Nom, prénoms et qualités ?

— Emmanuel, Laurent, marquis de Théus. »

J'avais déjà entendu parler de ce phénomène. Il avait attiré notre attention à diverses reprises. Je m'étais toujours demandé pourquoi nous avions mis tellement de gants pour l'approcher. Je n'avais même pas été foutu de savoir s'il s'agissait de lui les fois où je l'avais aperçu à Aix. Je comprenais maintenant nos hésitations. C'était un gros morceau. Je ne pouvais m'empêcher de le trouver sympathique. Il était fort beau, mais je ne sais quoi plaidait en sa faveur.

Je demandai qui était le personnage aux yeux bleus.

« C'est, me dit le marquis, M. Macdhui, d'Édimbourg. Un ami et mon hôte au château de La Valette. Il est arrivé d'Écosse avant-hier. Totalement étranger à nos querelles, il sera le témoin impartial rêvé.

— Étranger à vos querelles, de toute évidence, dit l'homme aux yeux bleus, mais docteur *honoris causa* en problèmes de conscience. »

Le ton jovial m'agaça. Je répondis sèchement :

« Il n'y a pas de problème. Il y a un meurtre et un coupable. C'est tout.

— L'exposé est un peu sommaire, dit le marquis.

Je ne suis pas venu pour plaider ; je suis venu pour payer. J'ai néanmoins le souci, que je crois légitime, de payer à bon escient ; de préciser par conséquent la dette sur laquelle il faudra porter le pour-acquit. Y voyez-vous le moindre inconvénient ?

— C'est votre droit, répondis-je.

— Il n'est pas question de droit, dit-il. Plus exactement, ajouta-t-il aussitôt, il ne s'agit pas d'un droit émanant d'un code Napoléon ou Jules César, mais peut-être d'un droit émanant de nous-mêmes. C'est pourquoi nous avons cherché un homme qui ait le même vocabulaire que nous. Votre colonel ne faisait pas l'affaire : votre collègue Ducreut manque de classe... »

J'opposai un front de marbre à ces flatteries.

L'homme aux yeux bleus avait l'air vexé comme un dindon.

« Je réponds à votre accusation de meurtre, poursuivit le marquis. Cinq cadavres. Le postillon et le cocher faisaient leur métier. Ce métier comporte des risques quand on le met à la disposition de la police. Ils l'avaient mis. Ils étaient armés de pistolets d'ordonnance. Ils se sont défendus. On ne les a pas tués pour le plaisir. Deux voyageurs, je l'avoue, n'avaient rien à faire dans nos démêlés. Innocents, direz-vous. Innocents de quoi ? Je préfère dire indifférents. Ma conscience ne me les reproche pas. Ils étaient en travers du chemin que je dois suivre pour que ma conscience soit muette. Seul, le cinquième cadavre m'est resté dans la gorge. C'était un soldat. Il nous l'a bien fait voir.

Vous avez de la chance, monsieur, de commander à des soldats. Je ne commande qu'à de braves gens. Ils ne marchent que s'ils confondent devoir, intérêt et plaisir. On les surprend à chaque instant le groin dans quelque chose de suspect. Je n'ai pas aimé du tout cette tête artistement écrasée. Hors de vos lois que je ne reconnais pas, je perds ma propre estime si je ne m'en donne pas de plus rudes. Une cause vaut ce que valent les âmes qui la soutiennent. Je défends l'idée que Dieu s'est faite du gouvernement des hommes. »

Il mettait avec soin un petit silence entre chacune de ses phrases pour me tendre à chaque instant la perche. Je pouvais le laisser s'empêtrer jusqu'à la gauche, mais je saisis l'occasion de cette petite bouffée de bravoure.

« Je ne me mêle ni de Dieu ni de gouvernement, répondis-je. Je ne comprends pas les grands mots. L'affaire, pour moi, est fort simple. On a assassiné un pauvre bougre qui faisait son devoir. Vous vous reconnaissez coupable de cet assassinat ?

— Non, dit-il, je m'en reconnais responsable.

— Les affaires de responsabilité ne se jugent pas au criminel, répondis-je.

— Est-il permis à un timide enfant du Septentrion sauvage... », dit l'homme d'Édimbourg.

Je coupai sa phrase d'un regard. Mais j'aperçus dans son regard à lui cette détresse des solitaires que je connais bien. Je lui fis signe de la main qu'il avait la parole.

« Me voilà bien embarrassé, dit-il. Je suis d'Édimbourg, mais j'habite Rannoch. Les moors de Rannoch sont des déserts renommés. Je prononce à peine dix phrases dans l'année (encore est-ce en écossais), ajoutez qu'il me faut ici parler français. Je ne compte donc pas sur mon éloquence. N'y comptez pas non plus.

« Je connais M. de Théus depuis longtemps et je l'aime depuis longtemps. C'est sans doute parce que je l'ai vu pour la première fois, j'avais dix ans, assis à côté de mon père devant notre feu de bois. Mon père (excusez cette longue parenthèse) était de la race de ces hommes de quarante-cinq, comme on appelle chez moi ceux qui ont combattu sous Flora MacDonald. Cette génération de héros finit par vieillir et s'accoutumer à des habitudes paisibles. À dix ans, on aime les combats. Il y avait déjà au moins quatre ans que je méprisais mon père parce qu'il était assis dans un fauteuil et qu'il frappait du pommeau de sa canne sur un bassin de cuivre pour se faire apporter son whisky. M. de Théus a aujourd'hui l'âge que mon père avait à ce moment-là.

« Je suis arrivé à La Valette, il y a trois jours. Je vais à Frascati baiser la bague du dernier héritier de la lignée masculine et directe des Stuarts, depuis la mort du prince Charles : le cardinal Henri Benoît. Tous les Écossais regrettent de voir les Stuarts finir en chapeau rouge. Moi aussi. J'envie à M. de Théus son roi laïque. Je voyage avec mon propre

équipage et c'est la neige qui m'a retenu chez mes
amis. Mes passeports sont en règle et je vous
remercie de votre patience... Puis-je continuer ? »

J'opinai.

« Je suis très content ; je m'en tire assez bien,
dit-il avec une joie enfantine.

« La nuit passée, poursuivit-il, j'ai entendu le
bruit d'une longue conversation. Comme elle ne
cessait pas et qu'il allait être l'aube, je me suis dit
qu'on pardonne beaucoup aux étrangers, surtout
quand ils viennent comme moi d'un pays où les
mœurs sont rudes. Je suis allé frapper à la porte de
la chambre où la conversation se tenait ; on m'a
ouvert sans manifester de surprise, car vous êtes
un peuple qui respecte toujours les règles de la
politesse. Elle a été poussée jusqu'à me mettre au
fait des raisons du long débat qui avait troublé
mon sommeil.

« Je vis seul. Les moors de Rannoch sont
d'immenses étendues désertes, couvertes de cette
bruyère qui produit des paysages noirs. Je suis
donc insensible aux terreurs chrétiennes. Je crois
bêtement que le seul moyen de se débarrasser
d'une dette, c'est de la payer. "Je le crois aussi", a
répondu Mme la marquise ici présente. Elle
n'avait discuté toute la nuit que sur le trop bon
aloi de la monnaie avec laquelle M. le marquis
entendait payer. Je ne comprends rien aux
femmes. Je suis tout juste bon à chevaucher par
monts et par vaux à côté d'une jacobite de nos
montagnes, si c'est en fin de compte pour aller
me flanquer dans une bonne bagarre. Le reste, j'y

perds mon latin. Je crois qu'il s'agissait de tendresse. Ceci pour vous dire que la monnaie qu'on
vous propose fait plus que le poids.

« On vous propose cette monnaie pour quoi ?
Permettez une interprétation personnelle. Nous,
Écossais, nous avons été battus définitivement à
Culloden. Après la défaite, la cavalerie anglaise
prit un cruel plaisir à massacrer les fuyards. Le lendemain de la bataille, les blessés furent tirés des
buissons et des chaumières où ils avaient trouvé
refuge et traînés devant les feux de peloton. Ceux
qui échappaient à cette fusillade, les soldats leur
écrasaient la tête à coups de crosse de fusil. Le duc
de Cumberland n'a jamais été lavé de cette
souillure. Nous donnons son nom à nos porcs. »

Il était trop content d'avoir raconté sa petite histoire. Je ne lui octroyai pas le plaisir supplémentaire d'une réponse. Je portai les yeux sur le marquis de Théus. Je surpris un regard tendre qu'il
échangeait avec sa femme.

« Pourquoi ne vous êtes-vous pas fait sauter la
cervelle sans histoire ? dis-je.

— Parce qu'un débiteur n'est pas libre de choisir son mode de paiement. Il est aux ordres du
créancier.

— Alors vous m'avez choisi comme créancier ?

— C'est la seule liberté que j'ai prise. Je sais que
vous jugerez sans pitié et sans haine. Ce sont les
conditions mêmes pour que le paiement acquitte
vraiment quelque chose.

— Vous acceptez mon verdict sans recours ?

— Sans aucun recours.

— Possédez-vous une bergerie sise à deux lieues d'ici et dénommée la Dragonne ?

— Elle est à moi en effet.

— Qui ferme la porte de cette bergerie avec un lacet de cuir ?

— Moi-même. C'est un détail qui me plaît.

— Il me plaît aussi. Votre dette est beaucoup plus importante que vous ne croyez. Vous m'avez tous suggéré d'accepter une somme trop petite. La mort, pour M. le marquis de Théus, c'est facile, facile aussi pour Mme la marquise ; les deuils sont des trônes. Chez nous, c'est-à-dire dans un monde où l'on n'est jamais son maître, quand on est puni on l'est bien.

— Quoi, dit l'Écossais, la prison, alors ? (Il fit une moue comique.)

— J'ai peur que le Sud soit trop compliqué pour vous, cher ami, répondit le marquis de Théus. M. le capitaine vient de juger que nous n'étions pas assez riches pour payer.

— Dois-je comprendre qu'il vous oblige à ne pas mourir ? »

J'opinai.

J'avais condamné, à mon avis, en toute justice. Je connais ces aristocrates qui veulent être aimés. La vie n'est rien pour eux. Le *nec plus ultra*, s'il s'achète au prix de la mort, ils y courent. J'avais sur le cœur la tête écrasée d'un pauvre bougre, *payé pour ça*. Celui-là avait jusqu'ici rogné sur sa

solde pour s'offrir de temps en temps deux sous
de cigares. Et il s'était fait tuer pour obéir à un
ordre. Ça ne se compare pas.

Je décollai mes talons pour faire un demi-tour
réglementaire.

« C'est impossible, dit l'Écossais. Comment
allons-nous faire pour l'aimer ? »

Je savais bien que c'était là que le bât les bles-
sait.

« Et s'il se souvient de votre duc de Cumberland, ajoutai-je, eh bien ! il se souviendra de votre
duc de Cumberland. »

CHAPITRE VII

Avais-je dit quelques mots de trop ? Tant pis ;
nous n'en avions pas prononcé des tas.

Mon cheval était à l'abri dans l'écurie. Je le
débarrassais d'une vieille couverture dont on
l'avait couvert quand j'entendis la détonation
sourde d'un coup de pistolet. Je croyais cependant m'être bien fait comprendre. L'amour-
propre avait-il été plus fort que l'intelligence et le
sens de l'honneur ? Je me croyais également
assuré de la petite marquise qu'à divers moments
j'avais regardée à la dérobée. Malgré le petit air de
bravoure qu'elle m'avait joué quand nous étions
seuls, j'avais compris que sa tendresse lui permettait de raisonner comme une femme de chambre.

Mais il ne s'agissait pas de Mme la marquise, et
M. le marquis avait respecté la consigne. C'est le
citoyen d'Édimbourg qui avait payé la casse. Je
comprenais le raisonnement qui l'avait poussé à
se fourrer le canon de son pistolet dans la bouche.
Sans doute avait-il eu, avant de presser la gâchette,
un bon regard de malice et d'amour...

Il me donnait une mort tellement gratuite que
j'étais forcé de l'accepter.

Je pris sur moi de donner une sorte de quitus.

Le temps était redevenu mauvais. Hors de Barjaude, lande et ciel se confondaient sous les tour-
billons de la neige. Pour si paradoxal que cela soit,
je ne trouvai mon chemin qu'à la tombée du crépuscule. L'approche de la nuit gela la bourrasque
et j'aperçus le dos du mont Apollon qui domine
Saint-Pons.

J'entrai dans le vallon de La Gaude quand je vis
bouger les ombres d'une dizaine de cavaliers sous
les grands chênes. Mon état d'esprit était tel que
j'aurais accepté avec joie une bonne bagarre avec
les soldats du roi légitime. C'était simplement ma
demi-brigade qui venait à ma rencontre. Mon
colonel était avec elle.

« J'ai peut-être fait un peu presser le mouvement, me dit-il, mais j'étais inquiet de vous savoir
seul dans ce bled qui pousse plutôt aux résolutions extrêmes... » (Il ne savait pas à quel point !)

« Je suppose que vous n'avez rien trouvé ?

— Absolument rien. »

Il eut l'air ravi. Il l'était. Il sifflota dans sa moustache pendant que nous descendions le chemin

forestier sur lequel la neige était moins molle.
Nous étions restés tous les deux en queue de
colonne. J'aurais bien voulu lui rabattre le caquet.
Je ne voyais aucun motif de rigolade dans les événements.

La nuit était tombée quand nous atteignîmes la
grand-route.

« Passez le commandement au maréchal des
logis et laissons-nous un peu distancer, dit Achille.
J'ai à vous parler.

« Nous sommes des enfants de chœur, dit-il quand
nous fûmes à cent pas derrière les hommes. Nous
avons l'air de rodomonts ; en réalité, les sentiments
nous étouffent. Eh bien ! aujourd'hui, Martial, on
m'a prouvé que nous avions tort de nous laisser
étouffer. Nous croyons toujours être à l'époque où
Marthe filait. Parce que, dans le temps, nous avions
l'habitude de régler les affaires à la loyale, nous nous
imaginons que l'eau ne coule pas sous les ponts.
Erreur profonde. Charger bille en tête, c'est vieux
comme les rues. Ça ne se fait plus. Savez-vous comment on ferait la Campagne de France de nos jours ?
Autour d'une table, avec de petits papiers. Ceux des
avant-postes, on ne leur demande plus que d'être de
pauvres couillons. C'est ce qui est arrivé à Brigou. J'ai
eu ce matin une longue conversation au cours de
laquelle j'ai dit ce que je croyais jusqu'ici être
quelques paroles sensées. On m'a répondu : "Vous
n'avez pas à choisir entre une belle mort et une
miteuse. C'est nous (c'est-à-dire l'État, ou les
quelques types qui en tiennent lieu), c'est nous qui

avons seuls le droit (et le devoir, a-t-on ajouté) de vous envoyer à la mort la plus utile." J'ai eu encore la bêtise de demander : "Oui, mais alors, la mort au champ d'honneur, qu'est-ce que ça devient ?" Malheureusement, comme raisonnement ça se tient. Alors, voilà : admettez que Brigou ait été tué à Montmirail. On l'a mis dans cette diligence comme on l'aurait envoyé à l'attaque d'une haie tenue par des tirailleurs couchés. Car je ne vous ai pas tout dit : les papiers qu'il portait, avec l'ordre de les défendre jusqu'à la mort, étaient faux. C'est un coup fourré. Ça va se généraliser, vous savez ? On devient moderne ! »

Je répondis au bout d'un moment :
« Dans cent ans, il n'y aura plus de héros. »

Ma voix n'exprimait aucun regret.

Manosque, 26 janvier 1955.

DU MÊME AUTEUR

Aux Éditions Gallimard

Romans — Récits — Nouvelles — Chroniques

LE GRAND TROUPEAU.

SOLITUDE DE LA PITIÉ.

LE CHANT DU MONDE.

BATAILLES DANS LA MONTAGNE.

L'EAU VIVE.

UN ROI SANS DIVERTISSEMENT.

LES ÂMES FORTES.

LES GRANDS CHEMINS.

LE HUSSARD SUR LE TOIT.

LE MOULIN DE POLOGNE.

LE BONHEUR FOU.

ANGELO.

NOÉ.

DEUX CAVALIERS DE L'ORAGE.

ENNEMONDE ET AUTRES CARACTÈRES.

L'IRIS DE SUSE.

POUR SALUER MELVILLE.

LES RÉCITS DE LA DEMI-BRIGADE.

LE DÉSERTEUR ET AUTRES RÉCITS.

LES TERRASSES DE L'ÎLE D'ELBE.

FAUST AU VILLAGE.

ANGÉLIQUE.

CŒURS, PASSIONS, CARACTÈRES.

L'HOMME QUI PLANTAIT DES ARBRES.

LES TROIS ARBRES DE PALZEM.

Composition Floch.
Impression Société Nouvelle Firmin-Didot
à Mesnil-sur-l'Estrée, le 13 avril 2000.
Dépôt légal : avril 2000.
Numéro d'imprimeur : 51028.

ISBN 2-07-041371-3/Imprimé en France.

95024